开卷闲话序跋集

子聪

人民日报出版社

小引

子 聪

在十年前的二〇〇三年十月,《开卷闲话》能在凤凰出版社出成一本书,是很多人意想不到的事情,当然,在我准备将其成书之前也是没有想到的。再往前,也就是十五年前,当《开卷》创刊时,金陵书香部落的几位师友就创意在这本只有一个印张的读书刊物中设立《开有益斋闲话》这个专栏,不曾想到的是这个专栏以每期一篇的形式,不紧不慢地一直写到了今天,真是一件令人无法想象的事情。当初,这个专栏是《开卷》诸编委集体写作的,后来就逐渐转由一个人写了,在此,要感谢曾经为这个专栏贡献过几则或者几十则闲话的师友们。

《开有益斋闲话》在首次结集时用了更加简洁一些的

《开卷闲话》这个书名,再后来,《开卷》中的专栏名也干脆改为《开卷闲话》了。也是在《开卷闲话》准备印出前,想到了闲话这个形式不就是一些爱书人的把酒闲话、品茗闲话、围炉闲话吗?于是就想到请几位《开卷》的作者为这本闲书写序以增添闲趣之意,于是就有了成书时的五篇序跋文字。

还有一个不曾想到的,就是《开卷闲话》竟然能够一而再,再而三地出到七编,而且八编也在编辑之中了,预计今年八月前后就会在上海书展亮相,当然还是以小精装的形式由上海辞书出版社出版。

按照当初的设想,每本新的闲话出书前,都会请三五位师友写上一篇小序,前不久突然发现这些序已然有了三四十篇之多,就想着将其结为一本序跋集,也是很有意思的事情。这些序的作者年龄差距不小,年长者都是八九十岁的耄耋老人,年轻的才只有三十多岁。其中有些作序者已走进历史的深处,往往读文思人,颇有沧桑之感。

闲话的妙处就不多说了,大家在这些序跋中或许能够读出一些滋味来。

去年去上海看望百岁老人,也是《开卷》多年来的老

作者周退密先生时,曾试探着请周退老是否能为这本序跋集写一篇短序。周老说年纪太大,身体状况也不如从前了,我就为这本书写个书名吧。说写就写,周老先找了一张窄窄的宣纸纸条,写下了"开卷闲话序跋集"五个字,因纸条太小了,七个字的布局不满意,于是又找了一张比前纸稍稍宽一些的纸条,重写了一次,这次周老才算满意,就落款并压上了"退密百岁"的白文印章。

从这本序跋集后面的几篇附录,也可窥见《开卷》及

《开卷闲话》里面的一些故事,如果读者诸君能够从这本小书里发现一些可读之处,或者还能想着去找一些《开卷》或是《开卷闲话》去闲读,那就是一种书缘使然了。

  二〇一四年三月二十七日子聪记于书房南窗,时窗外春风轻拂,鸟语花香。

目录

001 小引(子聪)

《开卷闲话》

003 来新夏序

006 舒芜序

014 陈子善序

017 止庵序

019 章品镇跋

《开卷闲话续编》

025 绿原序

028 钟叔河序

031 刘二刚序

033 余立新序
038 李福眠序
040 后记（子聪）

《开卷闲话三编》
045 黄宗江序
046 黄裳序
047 龚明德序
052 彭燕郊序
055 李君维序
058 后记（子聪）

《开卷闲话四编》
063 谷林序
065 高信序
069 苏叔阳序
072 朱金顺序
075 化铁序
077 施康强序

078　后记(子聪)

《开卷闲话五编》

083　序一:一种心态,一种情趣(朱健)

084　序二:释闲话(张叹凤)

087　序三:"闲话"不闲(躲斋)

091　序四:闲话"闲话"(梅娘)

094　序五:"开有益斋闲话"有益于我(李文俊)

096　序六:何闲之有(屠岸)

100　序七:感想和心迹(顾农)

102　后记(子聪)

《开卷闲话六编》

107　黄裳序

109　钱伯城序

112　罗飞序

119　文洁若序

122　陈学勇序

125　汪家明序

129　后记（子聪）

《开卷闲话七编》

133　刘绪源序

137　李世琦序

143　子张序

146　俞律序

148　伍立杨序

151　后记（子聪）

《开卷闲话八编》

157　陈四益序

160　周实序

162　彭国梁序

166　唐吟方序

168　后记（子聪）

附录：

172　闲话《开卷闲话》（何卫东）

175　展开阅读众生相(虎闱)

177　有意味的闲话(淮茗)

182　读书界的一份实录(王稼句)

186　有关《开卷闲话》的"闲话"(秋禾)

198　《开卷》和《开卷闲话》(子张)

203　"豁然开朗,族生卷耳"(徐鲁)

208　董宁文回忆《开卷》十年:读书闲话中不被世风左右

　　　　　　　　　　　　　　　　(李怀宇)

220　"开卷闲话"那些事儿(林英)

233　跋(子聪)

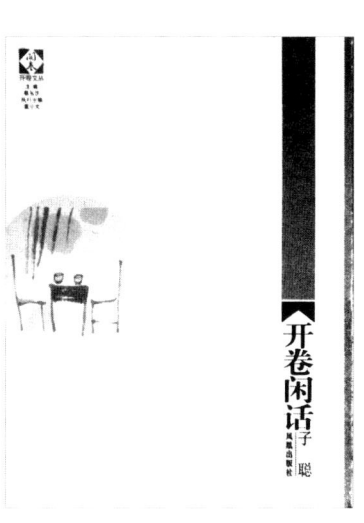

《开卷闲话》

(凤凰出版社二〇〇三年十月版)

来新夏序

近年来,在六朝金粉之地,竟然有一批说老不老,说小不小的读书人聚到一起,组织了一个"凤凰读书俱乐部",又出了一份小刊物《开卷》。真是上帝仁慈,这些人赶上了好时候,要是倒回二十多年,只要有某小人稍微撇一下嘴角,"凤凰读书俱乐部"就可定为"裴多菲俱乐部",《开卷》无疑也是非法刊物,诸位读书人也就吃不了兜着走。而今好了,诸位时不时地聚坐在高处不胜寒的俱乐部里,品茗高谈,阔论书与人。融融陶陶,忘却世间烦扰,令人艳羡!

《开卷》的确是份好刊物,没有烟火气,没有铜臭味,只是一群痴人在说梦。寒舍有多种刊物,能耐心从头看到尾的只有《开卷》,但每期在目录页上看到"苏新出准印 JS—1106 号"时,总感到一点微憾,总会联想到一对情投意合的恋人,水到渠成地想结婚,只是一时领不到正式结婚证,于是只得邀集三朋四友,街道乡邻,摆桌喜酒,说明情由,取得共识,发个"准印",随之而来的就是添丁进口,若以法律为准绳,这孩子虽有其法定地位,但终究是非婚生子。至今,《开卷》这个已经会说话,满地跑的非婚生子,该有个正式身份了吧!我常梦想不知哪一期的目录页上突然出现 ISSN 之类的正式刊号,我必馨香拜祷,上苍佑人!

《开卷》有名家名篇,也有不熟悉书友的用心之作,但都是实实在在的好文章,没有学究气,没有八股气,没有口号,没有说教,文笔自由洒脱,多性情中语,让人爱看、喜欢看,特别是书尾连载的《开有益斋闲话》更是我每期必读之篇。开始是想从中获得些有关书和书友的信息,渐渐积多了,就日益显出其价值。从学历史的角度看,首先感到这是一种编年体著述,如果是为皇上写的话,那就类似起居注。因此,也可以说这是《开卷》的起居注。几年下来,再浏览一过,不仅看到名人游踪、书话议论、书友音问、长短信息,而且预想到日后可作文坛、书坛考证史事之资。作者虽署名子聪,但并非一人,而是创办《开卷》

那批读书人的集体创作,所以信息渠道深广,视野四面八方,较多地表达了他们的共同心声,所以也是《开卷》发展成长的实录,越来越让人深感有保存的价值。如果能将《开有益斋闲话》中的一则则简讯,以年月为序,汇成一编,减免读者翻检之劳,岂非善举?

正在思量,收到《开卷》执行主编董宁文君的来信,他是《开有益斋闲话》主要执笔之人,他说准备将《开有益斋闲话》编成一书,更名《开卷闲话》,他没有解释更名的理由,据我的妄加猜测,一则《开有益斋闲话》与清人朱绪曾的《开有益斋读书记》有重名沿袭之嫌,二则更名《开卷闲话》更足以表明其代表性。他不遗在远,邀我为《开卷闲话》作序。我作为《开卷》的原始读者,自当应承。我赞同其事,乃应董君之请,略叙所见,以为之序。

二〇〇二年初冬写于南开大学邃谷

舒芜序

"文革"之后,举国兴起读书热,在报刊上有明显反映。刊物方面,《读书》杂志首揭"读书无禁区"之旗,继起的我经常能看到的有《书城》、《书屋》,间或看到的还有《博览群书》、《读者》等等。报纸方面,出现了"读书报"这样先前未有的品种,《文汇读书周报》首领风骚,继起的有《中华读书报》等等,全国报纸上更纷纷开辟"读书"一类的副刊。《开卷》杂志出世最晚,别出蹊径,以朴素清新的小刊,遥嗣《语丝》的风调,成长至今,可持续发展之势已定。还拓展开去,要出《开卷文丛》,其中有《开有益斋闲话》一种。这本来是《开卷》每期的编后记,写得很有"开卷"之气,为读者所爱,现在合出一集,当更受欢迎。董宁文先生来信命序。我回信说,请待我想一想,有没有什么不切题的意思,再作答复。

话这么说,还是免不了绕着"开卷有益"的题目想来想去;开什么卷?有什么益?有什么害?对谁有益?对谁有害?想不出头绪,随意整理案头,书丛中抽出一本笔记,上面题着《读列宁全集》字样,顿时有了,好,就来谈这个。

那是"文革"之初,我几年的"牛棚"生活里面,有一段时间"放回群众中间"。每天依旧上下班,当然无公可办,我以戴罪之身,只能小心翼翼地埋头读书,读的就是《列宁全集》,居然从第一卷读到第十九卷,做了满满一本笔记。我是一条一条地摘录原文,每条加上我概括的标题。今天来看,绝大部分是符合当时的主旋律的。然而却有一些不和谐音,例如一开始就是这样一些标题——

  资本主义的发展引起需求水平的增长,这是一个进步的现象

  资本主义对于封建主义为什么是进步的

  资本主义的进步的革命作用

  把资产阶级看作偶然出现的"奸诈之徒",就会否认阶级斗争

  怎样看待局部的改良

马克思主义者认为大资本主义是进步现象
资产阶级怎样破坏了中世纪的剥削
怎样通过"合法"斗争来揭露"法"的本质
正确评价资产阶级启蒙主义者
继承资产阶级启蒙主义的遗产
资本主义代替封建农奴制的进步意义
农业中资本主义对封建主义的进步性
俄国农业资本主义的进步作用
大机器工业吸引女工童工的进步意义

《列宁全集》头几卷的中心是反对民粹主义,所以强调资本主义资产阶级的进步历史作用,不足为奇。我摘录这些,却是在"文革"初期,舆论一律,铺天盖地,抹杀一切资本主义资产阶级的任何进步作用,抹杀一切合法斗争和改良主义的任何进步作用的背景之下,这就有点特殊的心态。

例如,当时的指导理论,笼而统之地把一切资产阶级思想家妖魔鬼怪化,似乎他们都是一心维护资产阶级利益,为资产阶级剥削镇压劳动人民出谋划策的,我在"正确评价资产阶级启蒙主义者"这一条下,抄录的却是这样一段:

我们在上面已经说过,斯卡尔金是一个资产者。关于这个评语,我们在上面已经举出相当多的证明,但是必须附带说明一下,我们往往是极端不正确地、狭隘地、反历史地了解这个名词,把它(不区分历史时代)和自私地保护少数人的利益联系在一起。不应该忘记,在十八世纪启蒙者(他们被公认为资产阶级的向导)写作的时候,在我们的四十至六十年代的启蒙者写作的时候,一切社会问题归结到与农奴制度及其残余作斗争。新的社会经济关系及其矛盾,当时还处于萌芽状态。因此,资产阶级的思想家在当时并没有表现出任何自私的观念;相反地,不论在西欧或俄国,他们完全真诚地相信共同的繁荣昌盛,而且真诚地期望共同的繁荣昌盛,他们确实没有看出(部分地还不能看出)从农奴制度所产生出来的制度中的各种矛盾。(《我们究竟拒绝什么遗产》,一八九七年底,全集二卷四二四至四二五页)

假如我当时竟然幼稚到在学习会上提出这个论点,作为我自己的意见,肯定会遭到猛烈的批判,说我胆大包天,公然反对批判资产阶级。假如我举出列宁的名字,肯定加上一条"歪曲伪造导师言论"。

后面各卷，没有这么多批判民粹派的言论了，我大量摘录的，全是"反对修正主义，发展马克思主义"、"'和平过渡'是反动的有害的空想"之类。即使有人来检查这个笔记本，我也不怕。可是，在林彪倡导下，当时背诵《毛主席语录》、背诵"老三篇"成风。我却在"通俗和庸俗"一条下，抄录了这样一段：

> 庸俗化和浅薄同通俗化相差很远。通俗作家应该引导读者去了解深刻的思想，深刻的学说，他们从最简单的众所周知的材料出发，用简单易懂的推论或恰当的例子来说明从这些材料得出的主要结论，启发肯动脑筋的读者不断地去思考更深一层的问题。通俗作家的对象不是那些不动脑筋的、不愿或不善于动脑筋的读者，相反地，他们的对象是那些确实愿意动脑筋、但还不够展开的读者，帮助这些读者进行这件重大的和困难的工作，引导他们，帮助他们开步走，教会他们独立地继续前进。在庸俗作家眼里读者都是一些不动脑筋，也不会动脑筋的人，他也不是启发读者了解严整的科学的初步原理，而是通过畸形的简单化的充满庸俗玩笑的形式，把某一学说的全部结论"现成地"奉献给读者，读者连咀嚼也用不

着,只要囫囵吞枣就行了。(《评〈自由〉杂志》,一九〇一年秋,全集五卷二七八至二七九页)

假如当时我公开说,背诵语录,立竿见影,很像是一些不动脑筋,也不会动脑筋的人,将一些畸形的简单化的东西,连咀嚼也用不着,只要囫囵吞枣,仙丹似地吞服下去就行了,肯定会以"恶毒攻击"之罪被抓起来。

又如,当时的指导理论否认历史上统治阶级有任何让步,只承认有反攻倒算。我则在"改良措施的两面性"标题下,摘录了这么一段:

> 改革能够当做预防性的反动,也就是说,当做一种反对革命阶级但也多少改善这个阶级处境并以此防止统治阶级垮台的措施。(《被自己的撰稿人揭穿了的司徒卢威先生》,一九〇三年四月一日,全集六卷三二三页)

明明白白地肯定了改良是有的,而且有"多少改善革命阶级处境"的作用一面,纵然是次要一面。

甚至直到第十九卷,我还在"只有独立的功夫才能判明争论的是非"的标题下摘录了这么一大段:

> 怎样去寻找真理呢?怎样弄清互相矛盾的意见和论断呢?

每个有理性的人都知道，如果为着某个问题而发生热烈的斗争，那么为了确定真理，就不要只看争论的双方的声明，而要自行审查事实和文据，自行考察，看看有无证人的口供以及这些口供是不是确实。

不消说，这不是时常都容易办到的。把凑巧碰到、偶然听到的较为"公开地"叫喊的东西等等信以为真，自然要"容易"得多。但是，以此为满足的人，就叫做"轻率的"、轻浮的人，谁也不会认真地理会他的。不用相当的独立功夫，不论在哪个严重的问题上都不能找出真理；谁怕用功夫，谁就无法找到真理。（《几个争论问题》，一九一三年四月，全集十九卷一三五至一三六页）

为什么不嫌繁冗地抄上这些，当时恐怕自己也说不清，现在回顾，下意识里显然是对"大字报""大批判"的蛮横武断文风的反感。

今天对列宁理论如何研究，是另一问题。而当时即使是读列宁，也会读出不利于"无产阶级文化大革命"，而"无产阶级革命派"不便不敢反对的结果，则是事实。一边不利于"无产阶级文化大革命"，一边也就有利于后来"彻底否定文化大革命"。难怪要以"一句顶一万句"，来作扬此抑彼、重此轻彼的釜底抽薪之计了。

过去听说中世纪教会,禁止将《圣经》普及到人民中去,总觉得难以理解。重检这本《读列宁全集》笔记,可以有解答。

话说回来,仍然是"读书无禁区"。时候不同,"禁区"不同,只要你开卷,终归会有益。尽管最初高举"读书无禁区"旗帜的《读书》杂志,已经革除"文人气"而日进于学术之林,非复"读书"可限。我用"读书无禁区"来注解"开卷有益",这个卷还是可以交得出去的吧。是为代序。

二〇〇二年十月九日,舒芜在北京

陈子善序

南京有座凤凰台饭店,凤凰台饭店里设了个"凤凰读书俱乐部","凤凰读书俱乐部"办了份《开卷》月刊,不知不觉,已有整整三个年头了。

《开卷》虽小,容量却不小,影响更不小,不但在国内,就是在海外也有点名气。每期薄薄二十八页,刊载的文章大都是短小的千字文,但说的都是真话、实话,不卖弄学问,不故作高调。老一辈的文人墨客可以在《开卷》上谈心叙旧,中青年作家学者也可以在《开卷》上各抒己见。综观当今的各式各类刊物,能做到这一点的已经不多了。

在《开卷》的文章中,最吸引我的是"开有益斋闲话"(以下简称"闲话")。这不只因为"闲话"作者是我的朋友,更因为"闲话"信息量大,历史现实、人文学术,无所不谈，无所不包。不但南京当地的文坛活动在"闲话"中有充分的反映，北京、上海乃全国各地的出版动态、作家行踪，"闲话"也常有披露。我每次拿到《开卷》，总要先把"闲话"快读一遍，原因也在于此。

"闲话"者，按《辞海》的解释，闲谈之意是也。在我看来，《开卷》"闲话"就好比是一个"聊天室"，竭诚欢迎各方人士前来闲谈。"闲话"构筑的其实是一个人文学术交流的平台，一个真正的读书人诗意地栖居的场所。这从每篇"闲话"都要摘录全国各地大量的读者来信就可看出，"闲话"作者的良苦用心也由此而彰显。至少我自己就从"闲话"中获益良多。许多识与不识的关心人文学术的朋友在想些什么、做些什么，我从"闲话"中就有所了解，有所领悟。"闲话"大大缩短了我与这些朋友空间上的距离，读"闲话"就好比与这些朋友作一次学术的切磋、心灵的对话。

《开卷》"闲话"的文字是朴素的、平实的、不张扬、不剑拔弩张，甚至有点"述而不作"的味道。当然，"闲话"作者不是没有自己的价值取向，但力求客观、真实地反映文坛学界的现状，哪怕是不同的观点，批评的意见，也往往照录不误。这是我特别爱读"闲话"的又一个原因。

与已经广受读书人青睐的浙江嘉兴秀州书局《笑我贩书》相比,"闲话'有自己的风格。《笑我贩书》以透过书店的小窗口广录社会百相、博采世态人情见长;"闲话"记录的和所反映的似乎狭隘些、纯粹些。但从一个特定的角度看,"闲话"又何尝不是当前这个唯商为大、唯利是图的社会里一批坚守人文的知识分子情感的倾吐、灵魂的写照?从这个意义上说,"闲话"与《笑我贩书》其实是殊途同归的。

当年陈西滢以为《现代评论》撰写"闲话"专栏文字而声名大噪,以致梁实秋在多年后还说《西滢闲话》"里面有文学、思想、艺术、人物,可以说是三十几年前文艺界的一个缩影"(《〈西滢闲话〉台湾版序》)。《开卷》"闲话"虽然与《西滢闲话》宗旨各异,写法不同,但其作者一定也乐意做今天人文学术界的忠实记录者。"闲话"结集出版在即,它是否也会成为今天人文学术界的"一个缩影",相信广大读者自有公正的判断。是为序。

陈子善
二〇〇三年仲春于上海

止庵序

我读《开卷》的乐趣之一,在于每期的《开有益斋闲话》。此种资讯曾在旧杂志上见过,譬如家藏一九五〇年印行的《大众诗歌》,即有类似栏目。《闲话》则主要由两部分组成,一是作为《开卷》主办者的读书俱乐部的活动记载,一是各地文人和读者的来信摘录。前者连续起来看,呈现一个过程;后者则不妨视为其在一定范围内引起的反应。

所有这些,统可以热心文化或即以文化概括之。"文化"与其说是某一方向,不如说不是某一方向,更为恰当。因此尽管从事或追求目标不同,有别于"没文化"之处仍然存在。这里我们无须作价值判断,然而对于此种追求,至少能够理解。"当局者迷,旁观者清",迷或清其实都是自家乐意,他人管不着。

现在《开有益斋闲话》即将汇编成书,我不揣冒昧写了这些,权当序言。几句老实话而已。

止 庵
二〇〇二年十一月三日

章品镇跋

二十岁以前在学校里受教育。同时,也开始自己看书、看报刊,从中求知识、受影响。在教室里、在自学中,我都曾有幸受熏陶于和风吹拂、春气一室的境界。在这样的境界中,人们会很自然地勇于讲话。即使说错了,得到的也会是和善的切磋。我以为这是无上的精神享受。对此,虽然已经年过八十,我仍梦寐以求,求因学习而获益的乐趣,像如鱼得水。

我也有过另一种经历;读小学、中学时,每周一都有个总理纪念周的行礼如仪。《总理遗嘱》,只说不做,流于形式,已化为耳边风。下面往往是校长训话。这位小学校长讲的总是很具体。印象最深的一次,她说,四年级上某节课时,老师在写黑板,有个男同学,指了指一个女同学,然后朝另一个男同学眨眼睛、刮鼻子。校长厉声说;

"这种小流氓习气,是不允许带到学校里来的!"这类儿童自己创作的"言情小说",本就风行。经校长这样一形容,许多人都朝那个女主角看,众目睽睽,这女孩子先是满面通红,接着哇地一下哭出声来。纪念周里这类余兴节目,是很受顽童们欢迎的。

到了中学,正逢救亡运动风起云涌。敌人已经进关占据了冀东,寇氛日逼。学生们怎么能定下心读书?"一二·九"时同城的许多学校的学生上街了。我们的校长紧闭校门,然后训话,强调苦学,说苦学首先就要闭目塞听,也就是"双耳不闻窗外事,一心只读圣贤书"。以为如此,邪说可拒,他的铁桶江山当保无虞。校长的陈规套语是无吹灰之力的。远不如当时一位作家说得新鲜,大家虽有反感,却又流行于众口。那名言是:"国家事管他娘,打打麻将"。这昏话直接地体现了国民性中得过且过,等做奴隶的劣根。事实是:道貌岸然也好、嘻皮笑脸也好,都是徒劳的。都无法禁止青年们与某些刊物的共鸣。当时最受欢迎的刊物是:从《生活周刊》开始、主持人则以邹韬奋为代表的、坚持不屈始终高举"生"字旗帜的那一队迎着读者走来的刊物。他们办刊物,不是如上述两位校长君临众生,自说自话,而是将那种相沿成习、牢不可破的办事公式加以破坏,版面上作者、编者发言,也让读者上台讲话,于是刊物上出现了直接来自群众的愿望与意见。使人如置身于一个平等的谁都可以讲话的大家庭里。就这样,他们团结了广大的读者,彼此交流、呼应,进一步携手共进了。我就是随着"生活"的发展,于鲁迅、巴金等人的作品以外,走向一个全新的学习天地。最初读的是:艾思奇的《大众哲学》、何干之的《中国近代启蒙运动史》、张仲实翻译的《政治经济学》。它们使我看到苦难深重的人民的希望,读书的情绪真是如鱼得水样的活泼。说句题外话,写到这里也就联想起,"文革"时看到别人因背不出《语录》就挨耳光。一时原有的被热血拌和的理想似乎被放到冰箱里去了,真是不胜悲凉感慨之至。

《开卷》是本小刊物,其中却有个和谐的"国中之国":《开有益斋闲话》,所占比重不小。开始,我没有看,后来看了,还看出味道来了。因为它似乎也使我有一种热闹又亲切的大家庭的感觉。《开卷》的作者多是文史研究者,读者当然也就是有兴趣于文史的了,它有较浓的学术空气。就我来说,它给了我许多信息,也让我与一些老友有了聚首的机会。我从中学习,也得到启发促我思考问题,推动我继续工作。它使我想起《生活周刊》等。

觉得有近似之外,当然有重要的不同:《生活》的主题是抗战救亡,它则是改革建设中的一点力量。相同的是重视群众,想使它成为一个群策群力的集体,成为群言堂。于是,不停有新鲜空气输入,帮助作者、编者置身在群众中,了解到群众的需求与意见。《开卷》很快地发展,原因当在这办刊方针吧?群言堂的对面是一言堂,这一言堂表面上所向披靡,例如上述两个中小学里的一言堂,自说自话,实际上毫无效果,甚至反把事情办坏。当然群言堂要办好,在一些方面也许更不易。正如一个交响乐团,由弦、由管、由打击乐器等组成,有时还有钢琴和声乐参加。乐师们不是无生命的机器,而是具有独立思考能力的艺术家。若各行所欲,必然金鼓杂作、七嘴八舌。一旦经作曲家合理配置,则送到听众耳朵里的已是一首和谐且丰富的乐曲,得到的是合奏共鸣的愉悦。

《开有益斋闲话》是个微型的讲坛,它在作者、编者以外辟出地盘,也让读者来发言,使前者能从实际出发为后者服务。现在要出书了,作为一个追随者,我很高兴能有机会说这些话。刊物就这样办下去,我想作者会日多、读者会日多,凤凰台上"群贤毕至"。

章品镇
二〇〇三年一月匆匆写于肚带营

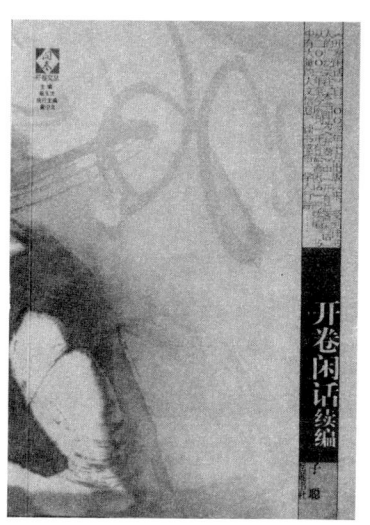

《开卷闲话续编》

(岳麓书社二〇〇五年三月版)

绿原序

《开卷文丛》出到第二辑了。这意味着什么呢？想必一是读者对它有需要；二是作者能够满足这个需要；三是"文丛"执行主编董宁文先生，也就是《开卷闲话》的作者子聪先生，能为读者物色这几位作者，同时又能为这几位作者张罗他们的读者吧。

《开卷闲话》，又名《开有益斋闲话》，作为"文丛"的一种，出现在它的两辑中，便成为"闲话"正续两编了。这两编虽说是"闲话"，其实并非无关紧要，它们围绕《开卷》的编务，成年累月忙于报道有关作者的行踪或写作计划，以及有关书稿的评点或出版信息，被识者称为《开卷》的"起居注"，是颇有意思的。它的前一本即正编，已在第一辑中问世，以二〇〇〇～二〇〇二年这三年《开卷》的

于光远墨迹

活动为内容;后一本即这本刚问世的续编,其内容则包括它从二〇〇三年至今的活动。

于光远先生为开有益斋写过这样一句题词:"它比我们任何人都活得长久得多。"如果这个说法不止是一句未必兑现的颂词,那么可以预期:这两编"闲话"将同样"活得长久"。它们不但由于富有时事意味而为当今读者所欢迎,还将由于其史料价值而为未来的读者所欣赏。

英国十八世纪初期由著名文人史蒂尔主编的著名刊物《闲话家》(The Tatler)和《观察家》(The Spectator),曾被誉为"将哲学从书斋、图书馆、课堂和学院移到了俱乐部、集会场合、茶馆和咖啡馆",甚至"提高了十八世纪上半叶(英国)上升中产阶级的文化水平"。但愿我们的《开卷》和它的"闲话"也无愧于它们在中国文化史上所应有并将有的类似的称誉。

二〇〇四年八月十八日

钟叔河序

在读书类书刊的栏目中,《开卷》中的"闲话"是我每期都要看的。还有便是《秀州书局简讯》,虽然那不能算"书刊"。若严格说起来,恐怕《开卷》也不能算,在咱们这个什么都得批准都得要有牌照的地方和时候。

《开卷闲话》的文字未必篇篇都特别好,但每次它总能告诉我一些事情;亦未必和书有关,但总是我愿意知道的。即以刚收到的第七期为例,南昌小市上出现"两江师范"的试卷,济南出版了《图说义宁陈氏》的图书,便都使我感到兴趣,尽管我不搞收藏,也不准备去买一本。还有刘二刚的画,《开卷文丛》第一辑封面上的寥寥数笔,即为我所欣赏。本期摘要介绍了刘君的自述:"因为无奈社会的浮躁和空气的污染,所以我爱用朴素的笔法绘其宁静

《偶然集》书影

和古趣;因为我曾经生活道路的不畅,所以我在画面上要争取自由和初心……"也使我对其画(至少自己的《偶然集》上有一幅)多了些了解。一个印张的小本,能给我这些舍此无从得知的信息,《闲话》之惠我实已多多。董宁文君愿将最近两年的《闲话》辑印成书,我当然乐观其成。

《秀州书局简讯》比《闲话》琐屑,这短处也是一种长处。如记英国文学老专家临终念念"莎士比亚……",在场一同志出病室后却诧异得很:"老先生怎么到这时还问'啥是屄呀'?"岂非新《世说》的好材料。《笑我贩书》出续集时,千祈留下此则,当可与敝处"雷锋(峰)塔怎能倒掉重修"竞爽矣。

二〇〇四年八月二十七日,钟叔河于长沙城北之念楼。

刘二刚序

读"闲话"年复一年,只觉闲人闲写闲看,却忙了子聪先生忙里忙外,可以想见,他的邮箱、他的书桌,整天都堆放着各地文人的信件和杂稿,小事大事,快事难事,经他梳理成集,不特是感情、事业上的交流,他年亦是一本有史料价值的书。

我是搞美术的,关注有限,每翻"闲话",生活面即开,除了得悉一些出版、展览信息,从中还获悉了许多名人踪迹。如今年五月载:田原、马得、柯明、陈汝勤聚会的文章和合影照片,我虽未及前往,而几位老人的重逢真令人欣羡。文中有田原的打油诗:"当年小伙子,如今成老头。你年八十五,我也七十九……""闲话"将真情传递,文艺平台便多了一分情趣。华君武说:"《开卷》文短,可读性

左起：田原、陈汝勤、马得、柯明

强。"它好在不隔，消息不断，如于光远某天某日来南京讲故事；流沙河某天某日快游江南；长沙彭胡子又出了本《感激从前》……常常会使我失去午觉。看到六月八日牧惠在北京逝世，并附他已出书目四十多种，不禁使我感慨人生！要不是"闲话"，我真闭塞得很。

"闲话"所以可读，还得之编者文字功力，其品位自不必我来多说，希望我的同行也去随手翻翻。

二〇〇四年八月十二日

余立新序

有很多喜爱《开卷》的原因,但最自然而然想到的是每期子聪先生的"开有益斋闲话"。

称其为"闲话",其实并不准确,它实际上是《开卷》的日志。"开有益斋闲话"按日记事,凡是与《开卷》或开有益斋有关的事情,事无巨细,皆详细道来。小到某读者对某期某篇某错别字的辨析,大到对开有益斋某一次大型活动的详细记录。每一条都仿佛是《开卷》踏过的一个脚印,这一串脚印,便成了《开卷》这些年来走过的路。"开有益斋闲话"把《开卷》与所有喜欢《开卷》的人紧紧联系起来了,使《开卷》真正成为大家的《开卷》,也使《开卷》除了场上的文字,还有场下的声音,于是立体起来了、有声有色起来了。

现在"开有益斋闲话"作为《开卷文丛》的一种结集出版了,换名为《开卷闲话》,这对于喜爱《开卷》和喜爱"开有益斋闲话"的人来说,实在是一件值得高兴的事。

子聪兄是《开卷》的执行主编。未识子聪兄前,从《开卷》的风格和"开有益斋闲话"的风格判断,他大概是个"古久"先生。见面才大吃一惊,原来他竟是我的同龄人。由于工作的关系,我经常和忙人打交道,他们常常从语言、神态、动作中向我昭示他们的忙。子聪兄无疑也是一个忙人,但他沉静的神态和他的忙却形成巨大的反差,这给我留下极为深刻的印象。他静静地坐在我对面,呷着茶,谈着《开卷文丛》的设想、打算,语态沉着中透着隐隐的担忧。作为出版中人,我当然知道出版这样一套高品位的书,在当前市场行情和阅读行情下的艰难。

然而那次见面后不久的一次通手机,他竟已在照排公司了;又不久,这套装帧精美、耐读受看的《开卷文丛》竟已在我手边了。我惊叹不已。

《开卷闲话》收了从《开卷》创刊的二〇〇〇年至二〇〇二年这三年的"开有益斋闲话"。细心的读者不难发现,《开卷闲话》里有许多是"开有益斋闲话"所不曾有的内容,料想是当时受版面的限制而不得不割爱。如二〇〇一年十一月二日所记余光中等台湾作家在凤凰读书俱乐部与读者见面会,详细而生动:余光中先生"刚落座,就取出了一张老照片——四位中学生的合影让大家猜谁是当年的他"这样的细节,捕捉得多么精彩!连余光中先生为读者的题词也一一记录下来,恐怕日后编余先生佚文,也可从《开卷闲话》中找出一点。"开有益斋闲话"当时居然割爱这样的好文,真有些让人不能理解。好在《开卷闲话》作了弥补。

类似上述记录余光中的文字,我称之为花边资料。这样的资料,多事件细小,易被主流媒体忽略掉,但却是真实生动、最能反映出人物真性情的。我一直认为,这些花边资料从某种程度上更能反映历史的真实。而现实却是,我们的历史研究或人物研究,常常不把这样的小资料当一回事。《开卷闲话》中有许多这样的花边资料,如对张艺谋在南京购书单的记录,如对《金陵五记》作者黄裳八十二岁再游金陵的记录等。相信大部分读者都会对这样的花边资料感兴趣的,更何况记录的文字又是十分传神。

《开卷文丛》出来不久,子聪兄打一个电话来告诉我说,辛笛先生过世了。辛笛的《梦馀随笔》是《开卷文丛》

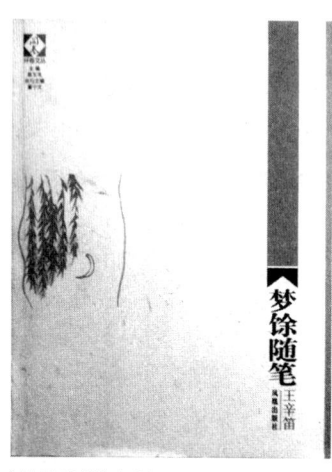

《梦馀随笔》书影

中的一本,九十多岁的诗人在这本书的小序中还自励"追求成熟,拒绝衰老",老诗人有着一颗多么年轻的心啊!言犹在耳,而人已驾鹤而去,我和子聪在感慨之余,也为诗人能在过世前看到自己最后一本作品面世而欣慰。

据说《开卷文丛》第二辑的编选工作已开始了,而第一辑里的《开卷闲话》只选到二〇〇二年,那么后面的"闲话"是否也会出现在《开卷文丛》第二辑中呢?

我期待着《开卷闲话》继续出现在第二辑的《开卷文丛》中,期待着《开卷文丛》能一辑一辑地出下去,期待着

《开卷》在刚刚踏成的这条小路上"渐行渐远",期待着更多远离尘嚣的文人们相聚在开有益斋。

上面的文字写成之时,《开卷文丛》第二辑的编辑工作也接近完成。蒙子聪兄厚爱,欲将这篇小文作为一篇序编入《开卷闲话续编》。我很感为难,此文原是读了《开卷文丛》第一辑中的《开卷闲话》后,兴之所至,信手涂来,内容既无涉"第二辑",文字也拉杂随意。最主要的,我好像还没"混"到能给人写序的分上吧!但子聪兄一句"无妨",说得很是轻松,我也就满不在乎了。由此可见,子聪兄与我大约都是不善拘礼法,即南京话称作"木古"的一类人。

二〇〇四年八月二十七日于云痴轩

李福眠序

我们每时每刻,都生活在包括梦话在内的闲话里。

剔除衙门八股、故作深沉、奉迎炒作、高头讲章各类时文,我把纪实时代风貌,坦言心扉的论语、世说、家训、志怪、笔记、尺牍、判牍、题跋、造像记、诗词书三话、讣告、防伪、打假等,和"戊戌杪冬,马布衣用补发拖欠之高温费作旅资,到此一游"诸传世文字,都当趣哀相间的闲话来细读。

挂竖"明镜高悬"、"回避"、"肃静",诚惶诚恐谨遵"只唯上,不唯实"为官法则的衙门大堂,非闲话之地。而百姓豆棚瓜架之下,斋轩草堂之内,酒酣耳热,解衣磅礴的围桌众言,或两三素心人促膝畅谈,及诸如"二十亮相,三十吃香,四十不响,五十识相,六十还乡,七十装箱"之街谈巷议,都是惟妙惟肖,恰如其分的闲话。

一位民国老报人说:看人看伊面孔,看报看报屁股。报屁股笔墨,似压台戏,非饱学之士武林高手,不能一觔而就。潘天寿题画诗:"闲似文君春鬓影,清如冰雪藐姑仙。应从风格推王者,岂仅幽香足以传。"《开卷闲话》亦为一个时代的真诚的报屁股之文,岂仅幽香足以传?

二○○四年雅典奥运开幕日书于海上

后记

子　聪

《开卷》自二〇〇〇年四月创刊至今,已出刊五十四期,四年多的时间,对于这本小杂志来说,不能算很长,但却也不短了。能一月一期正常地出刊,我想也是喜欢读《开卷》的读者的福气。

杂志出了五十多期,其中的《开有益斋闲话》也出现了五十多次。二〇〇〇年到二〇〇二年的三十三期"闲话"已结集为《开卷闲话》(凤凰出版社在二〇〇三年十月版)在"开卷文丛"第一辑中亮相。书印出后,虽然没有产生多大的反响,但却也赢来了一些或轻或重的掌声,于是心想,这些东西还是有一些人喜欢看的,所以也就索性将二〇〇三年至今的"闲话"再次编入"开卷文丛"第二辑中，以《开卷闲话续编》为名行世。

"闲话"是《开卷》几年来的一根主线，同时也是编者、作者、读者之间相互交流的一个平台，"闲话"不是一个人所能完成的，套用一句俗话，那是"集体智慧的结晶"，在此，请允许我代表《开卷》向所有参与"闲话"的作者致以最诚挚的感谢。

《开卷》之所以能够始终坚持按期出刊，除了方方面面的支持和帮助之外，《开卷》较强的编委力量也是不可或缺的重要支撑，在此列举诸位的名字以表示对他们曾经付出的劳动的感念。这些编委朋友依次是：万宇、王振羽、江树濂、张志强、赵允芳、徐雁、徐雁平、钱军、薛冰。

《开卷文丛》第二辑能在第一辑出版后不到一年的时间内得以面世，不由得让我想起今年三月初在岳麓山下、橘子洲头与彭国梁、丁双平、杨云辉诸先生的愉快晤面，也就是在那次短暂美好的晤谈之中，催生了这套书的问世，在此，只道一声"感谢"是表达不了我此时此刻的心情的。但我相信，读书人的心是相通的，我也相信"只可意会，不可言传"这意蕴深远的八个字能被诸君所意会。

在第二辑的编辑过程中，十一位作者的大力支持自不必多说，这些作者大都是七八十岁以上高龄的老人，他们严谨、谦和的精神对我无疑是一种无形的支撑与鞭策；徐雁、邓振明、何卫东、余立新、刘俊、徐小丽诸位均对此套文丛的顺利出版作出了很大的贡献,在此谢谢了。

绿原、钟叔河、刘二刚、李福眠、余立新五位先生不吝赐序,为这本小书增色不少。这套书的装帧设计者速泰熙先生为书增色的精心设计,想必也是有目共睹的；封面上的淡墨痕乃取材于江苏省美术馆书画家罗邦泰先生的一幅书法墨迹,在此一并致以衷心的感谢!

感念着每一位支持、帮助以及关注《开卷》的朋友,在这里,恕我不能一一列举他们的名字。

二〇〇四年八月二十七日下午

《开卷闲话三编》

(湖南教育出版社二〇〇七年四月版)

黄宗江序

蒙子聪赐书为三编《开卷闲话》邀几句序引之类,即作答。我是读书求解然又不求甚解的人,是读书求友又不强求的。邂逅之交每达长远以至终身。也可称交遍天下,交遍古今了。但总还有远近,最近者莫外乎受科学与民主启蒙的我辈一代求知者,却长相思又常相遇于小小一本白皮书《开卷》中。每获一册,一阅扉页目录,便跳至最后的子聪"开有益斋闲话",必可得些知交或可知之交的点滴信息,虽简短,却无比亲而切也。我也八十五岁了,在生老病死的轮回中,或长寿,或不长,也不算夭折了;有生之年当继续求书,求友,求生于开卷中。修正或续纂《语录》(孔子的非毛公的),曰:"有朋自开卷来不亦乐乎!"

丙戌春临

黄裳序

知尊著又将编成,可喜。近来怕为人写序,因序实难写也。《开卷》每期之"开有益斋闲话"为我所必读,因其信息量大,借以得知文坛新事,以广见闻,尤喜读此为作者致编者通信,非通常新闻报导所能比,但又想,这样做有无侵权之处。因之往往通讯时颇有戒心,怕被宣之于众。不能不有拘束之感矣。

以上是随便述其所感,恐不能作书前缀之语。甚憾。

二〇〇六、二、二十三

龚明德序

继二〇〇三年十月《开卷闲话》和二〇〇五年三月《开卷闲话续编》,子聪的《开卷闲话三编》已经编定,即将又公开印行。这,是书爱家们的喜讯之一。

南京有一本仅仅一个印张定期赠寄各地书爱家的《开卷》,三十二开,连封面才仅仅一个印张,是有关读书的月刊,办得颇具品位。估计凡是比较关注书界动态的读书人,恐怕没有人完全不知道此"书事"的。在一些场合,甚至在我的文章中,我都说过圈外人听来会感到是夸张,而在我,却是发自肺腑的话:一个地区或城市,如果没有人在等着读南京的《开卷》、如果有见到南京的《开卷》却读不出味来或者随便看上几页就把它扔掉,就证明这个地区或城市的文化含量不达标,甚至还是文化的沙漠。

我的话是有着充分理由的。具体主事《开卷》的董宁文,即《开卷闲话》、《开卷闲话续编》和《开卷闲话三编》的作者子聪,真是一位罕见的成功的传播书香的志愿者。相比之下,我这个在国家正式出版单位工作了二十多年的专职编辑,便是一个失败的传播书香的志愿者了。

自二〇〇〇年四月创办《开卷》以来,近六个年头的持续操劳,子聪真诚、热情的忙碌身影,都投射到每期《开卷》压卷之作"开有益斋闲话"中。正因为渗透了主事者的心血,我们在读"开有益斋闲话"的时候,总可以设身处地地充满着会心的理解和认知。

无论是大名人、大学者,还是无名之辈,只要愿意靠近《开卷》,子聪都会笑吟吟地起身迎接。从近六个年头的"开有益斋闲话"中,这类纪实文字比比可见。子聪以本名董宁文出版的《人缘与书缘》,更是生动地载录了他与学者、作家、画家、教授和书爱家亲切往来的好散文。简直可以说,子聪就是为了书香在生活。

这不仅仅是一个对文化人的表面上的尊重,这种持续地"为书香社会打义务工"的实际行动,只有完全基于近乎宗教情感的文化信仰,才可能成功。

跟子聪的著述相比,他的文化行为和出版成果更让

《人缘与书缘》书影

我们肃然起敬。光子聪独自具体主事的凤凰出版社版、岳麓书社版和即将印行的第三套《开卷文丛》,就是三十本严肃的原创图书,对建造中国的书香社会和养育中国的读书人口,其贡献无法估量。

子聪与文化人与书爱家的交往,只需白描记录,就是好文章。这跟写作技巧无关。实实在在地用诚恳的心与人交往,本本分分地为书爱家服务,再用文字来交流,文的成功依赖于人的成功。

"五四"后三十年间的中国现代报刊史上,类似"开有益斋闲话"的,可以找出不少,如《文艺新闻》的"每日笔记"、《文潮月刊》的"文坛一月讯"、《万象》的"艺文短讯"和"编辑室"、《文艺阵地》的"'文阵'广播"等等等等。也就是说,"开有益斋闲话"没有"开创"之功。但是,认真地比较着读一读,我们发现子聪在载录"开有益斋闲话"时,他倾注的感情和心血,使他的文字更具有可欣赏性。

我有幸读到过子聪的几页打印初稿日记,上面他用毛笔糊住了一些段落。我是"版本学家",当然不会放过这种考察"版本"的机会。对着光亮一读,原来是关于我和王稼句兄的。更重要的,这用毛笔糊住的段落,真实而又生动地体现了子聪"为书香社会打义务工"的另一面。我是吃够了坚守的苦头的人,看到比我年幼十二三岁的子聪也如此更执著地坚守,说实话,我除了感动,还是感动。

已经成了文化名人的人,名气大本事大的同时,不少人的坏脾气也大;想成为文化名人而又离文化名人距离不小的人,他们非常敏感,甚至是病态的自尊、自傲、自大。跟这两类人打交道,得有十足的忍耐、得有上好的表情,还得随时准备受伤害——包括精神上的和物质上的。和子聪在一起,你感觉不到他有什么委屈。至少,我从没有听他诉过苦。我为中国书界有子聪而庆幸。

彭燕郊序

爱读《开卷》,总能读到好文章,有个连载栏目"开有益斋闲话",每次刊物一到手,总是先读它,为什么?没有别的,就因为它特别吸引我,必须一读为快。名叫"闲话",其实并不"闲",倒叫人有传递最新讯息的急迫感,书人书事,文人文事,好像没有什么大事,却又是我们这些书痴书迷们最关心、最想知道的事。都是直接或不很直接和书文有关的事。我读书不多,不善于读却又爱读,甚至滥读,那结果之一就是滥收书,节衣缩食,但为了买自认为必须买的书就非买不可。读"开有益斋闲话"能从同样爱书也爱读的师友感受到难得的亲切感,分享到淘书得书、求知闻道的乐趣,不能不爱读,不能不很不"闲"地读"闲话"。

《开卷》的文风,诚如蔡玉洗先生说的"很多文章完全是发自内心的,是一种自由的流动"(在第三届全国民间读书报刊研讨会上的发言,见《芳草地》二〇〇五第一、二期),自然、朴素、亲切、简洁,"开有益斋闲话"的写法、编法都够独特,作者没写文章,只写信,编者只摘取信的一部分,不加一句话,除了必要的"某某某月某日从某地来信",也有报导性文字,一般刊物上叫做"文化新闻"之类的,不同的是不像一般刊物上那种枯燥的写法,甚至板起脸孔,写成什么机关的"公报"似的,而是让你读着读着,感觉像编者在和你拉家常似的,写新闻,也像给读者写信一样亲切。《开卷》始终坚持这个文风,至少在客观上是对时下那些浮躁浮华风气的针砭,是有益的,是应该受到称道的贡献。

前两年,"开有益斋闲话"易名为《开卷闲话》、《开卷闲话续编》收入《开卷文丛》第一、二辑中,相距不过一年多一点时间,现在,《文丛》又要出第三辑,两三年里,一套丛书接连不断出了三辑,"五四"新文化运动以来,同样的盛况好像还不多见,这说明《开卷》和"开有益斋闲话"受读者欢迎的程度很不寻常。在我这个读者的印象中,一个刊物办得好,才有能力编丛书,因为读者相信刊物,也就相信刊物所派生出的丛书,更不用说刊物编得好,就有一批老作者,还不断地有新作者加入进来,形成编者、作者、读者三股力量汇合的兴旺局面,这就不但是一个刊物的喜事,而且是文化事业兴旺的可喜现象。

读《开卷》,读"开有益斋闲话",很自然地会感受到这种喜悦,不能不爱读。

李君维序

每收到《开卷》月刊，打开目录，总挑选对胃口的文章，先睹为快。董宁文君署名子聪的"开有益斋闲话"，即属先睹为快之例——尽管它逐月排列末座。

《闲话》借用日志文体，以书与书人为主，实事实录。内涵丰富，不拘一格；文笔自然，不刻意雕琢，读来畅达轻快，获益实在不浅。谈新书旧刊，说文人墨客，不论老中青，不论京派海派，不计资历深浅，不计名望高低，不偏不倚，一视同仁。评介书籍，三言两语，要言不烦；或引用他人文字，转达自己心声，都恰到好处。对湮没生僻的文人学士，并附以简历等，以备查考。从中可见董君苦学勤练，持之以恒，读书广泛，触类旁通，日积月累，乃至水到渠成。

《我的书房》书影

董君是一位编辑高手,他的主业不是编辑,在八小时以外的时间里,他全身心地投入书刊编辑工作,志趣所在,乐此不疲。他经手编辑的《开卷文丛》(已出两辑)和"我的"系列丛书(包括《我的书房》、《我的书缘》、《我的笔名》等),颇受读者青睐,其质量自有公论,不待我赘言。我想说的是,董君在工作交往中,待人诚信诚恳,不卑不亢,直爽可亲。地无南北,位无高低,年无老少,他都一样广交朋友、广结书缘。我与董君仅于二〇〇五年在京见过一面,却一见如故,结下忘年之交。朴素的衣着,短短的平头,说话带南京口音,他里里外外透着平民本色,给我留下深刻的印象。

我虚度八十五岁,从未为人作序。董君令我为其《开卷闲话三编》作序,受宠若惊,深感荣幸,略缀数言如上,是为序。

丁亥年元旦

后记

子 聪

从《开卷》这本读书杂志衍生出的《开卷文丛》至今已出到第三辑,而这三辑丛书分别以《开卷闲话》、《开卷闲话续编》、《开卷闲话三编》贯穿其中,这着实令我这个编了七八年《开卷》的执行主编的心头别有一番滋味。在此,我从内心深深地向这些年来关心、爱护、支持《开卷》的师友们道一声:谢谢!当然,这些年也有不少的书友给予了我很多的鞭策、批评抑或警醒之言,在此,我也要对他们道一声感谢。因为,这一切对我都是莫大的激励和鼓舞,正如前人所言,鲜花和美酒是财富,荆棘和苦难更是不断前行的动力之源。

我这个人很少发感慨之言,在这里请恕我真情流露

《为了纪念》书影

之罪责吧。

本辑《开卷文丛》中另九位作者都是各有建树的专家学者,每一本书都是一方田地,他们在其中辛勤耕耘,并获得了丰硕的成果。其中范泉先生、叶至善先生、许觉民先生都已先后去世。《斯缘难忘》为研究范泉先生的专家钦鸿精心编辑而成;《雨天的谈话》是许觉民先生生前自己编定的;而《为了纪念》则是叶至善先生的女儿叶小沫在父亲的指导下编成的。令人遗憾的是三位老人却没有能看到自己心血的结晶。

在这套丛书的具体编辑过程中,除了湖南教育出版社的大力支持之外,阎燕子、吴静、浦清莲、林英、孙志洋、严静、黄世玮等朋友做了许许多多细致的编校工作;速泰熙先生为丛书做了很好的装帧设计,在此,一并表示我衷心的感谢。

二〇〇七年四月六日上午于南京秦淮河畔

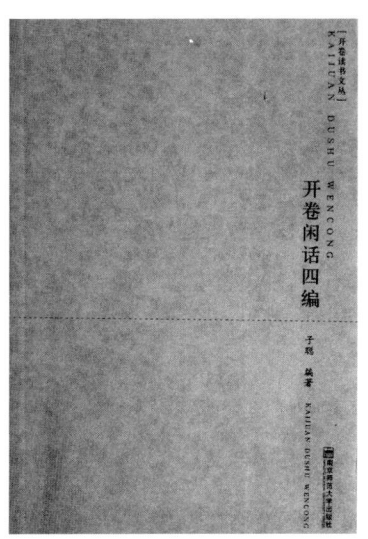

《开卷闲话四编》

(南京师范大学出版社二〇〇八年一月版)

谷林序

宁文来京,赠开卷闲话第三编。说四编将在年底印出,要我届时也写几句话。三编有序五篇,首篇作者黄宗江,年八十五,文三百言。次篇作者黄裳,年八十八,文两百言。此事就在七月间。不意年底来得奇速,如今宁文申约来催稿了。

开卷有益,读书最乐。现成话,八个字,如何成篇?而况前四字中的"益"和后四字中的"最"颇为麻烦,既有这两个字,还用得着读书无禁区的大扫帚吗?

三编中有附录三篇,其第二篇叙宁文、《开卷》的人与书,占十一个页码,是《开卷》中少见的长篇,我则读之易尽,不知其他读者感觉如何。原以为宁文赐赠三编以资示范,我亦欣然有会。及今执笔按纸,乃无所措其手足。

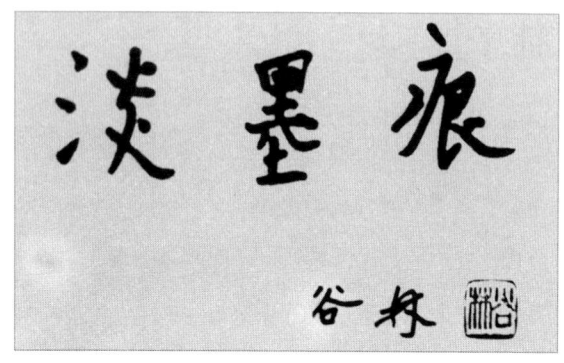

谷林墨迹

忽然想起苏辙的两句诗:"早岁读书无甚解,晚年省事有奇功。"只是我已"走到人生边上",哪还有"自说自话"的余隙?也许有宁文和《开卷》在,尚能借杜甫"垂老逢君未恨晚",来向读者"告存"。

我幸与黄裳同庚,取法乎上,且照抄他为三编所作序的结语于下:"以上是随便述其所感,恐不能作前缀之语,甚憾。"

二〇〇七年十一月九日

高信序

宁文前几天发来邮件说,他的《开卷闲话四编》要出版了,希望我写一点短序给他。写序,我是既不配又不会的,而写一点想法,倒还能行。原因无它,只因为我也是子聪宁文君《开卷闲话》的热心读者之一,每次收到《开卷》,最先读的就是这"闲话"。

以我之见,"闲话"绝不是扯淡的话,如世俗的闲言碎语之类。这里的许多"闲话",实际上是许多作者、读者、朋友、同志写给《开卷》编者的书简,实际上是没有写入文章的真话实话,虽然零碎,却也是在很大程度上折射出时代风习、思想脉搏、人生际遇的、实实在在的一鳞半爪。作为一时的信息来读,当然不错,不过总觉有点大材小用,起码在我,是把它看作时代史、思想史、文化史料来看待的。

　　"闲话"的最大可贵处是实话实说,袒露出说话者的心曲。记得几年前华君武先生在"闲话"中说及另一位画家个别作品的毛病。"闲话"印出,这位画家大为震怒,又在"闲话"上过了一招。后来宁文在《开卷闲话续编》中删掉了华先生话中的两句,恐怕是不想多事吧,但我却以为不必。上述两位画家,都是前辈,素为我所敬重。我更欣赏华先生说"闲话"的态度:口无遮拦,一腔衷忱。华先生似乎还是不谙世情,不晓得时下是大兴捧场炒作、吹牛抱团之风的时候,很多场合,你不开口,已被视为另类,更何况谈一点缺点呢!其实,画的优劣,各人的审美角度有所不同,那位画家的画不一定就不好,或者原本就是很棒。而华先生只是自说感受,外加一点幽默而已,并非评职称的评语,也非升官的考察报告,哪里用得着气急败坏呢?记得几年前在华家吃羊肉时,华先生对我说:"咱俩都是无齿之徒呀!"我一下愣了。稍一想,始释然。原来刚才聊天时曾说到牙医。我说过我牙不好,被牙医给治坏了,所以尽管几枚槽牙已掉也不想再补。华先生现身说法,说他的牙早已掉得一塌糊涂,现在是一口假牙,也还不错,力促我另找牙医,相信天下非尽蹩脚牙医嘛!

"无齿之徒"一说由此而生,并非"无耻"也。假如我当时为"无耻"而不乐,将会有多尴尬!多乏幽默感!多不识好人心!

上午闲翻去年第十二期《开卷》,偶见吴承惠先生的一段"闲话":"我没有什么大著,出的都是不值一顾的小书,我也不好意思送人。上次寄给你的只是一封信,没有收到就算了,现在出书真难,如今不再说了,没有利用价值了,更难。我是整理了一些稿子,只放在那里,自我欣赏,也是一乐。"听到这则"闲话",别人感受如何,不知道,我是深为同情的。吴承惠先生即赫赫有名的秦绿枝,当年在《新民晚报》设专栏《休息时断想》,与林放的"未晚谈"相辉映,日日有文揭载。别看现在报上多有专栏作家,但能与吴先生那一管笔、那满腹学问相比肩的能有几人?我至今还保存一大册当年吴先生文章的剪报。然而如果连老先生也清醒地认识到已经"没有利用价值","如今不再说","出书真难"的话,出版界的朋友该作何感想?作为曾经吃过编辑大锅饭的在下,是汗颜羞愧的。其实,据权威人士说,我们的出版事业呈现出从未有过的繁荣。到书店去看看,足令人目眩;打开报纸看,又是名家荐书,又是排行榜;而书市、订货会,更是一届接一届,固然少了当年的热闹,也还是照开不误,哪里有"出书真难"这一说呢?好在"出书真难"这话题已被说得两唇麻木,正如"反腐败"已被说得没了脾气一样。不过,听听吴先生的"闲话",也使人在"繁荣"声中,增添一份冷静。

在读《开卷闲话》的时候,就想到了嘉兴范笑我君编的"闲话"打印件《秀州书局简讯》,后者是出到第二百四十二期后于去年十月二十三日无疾而终的,可惜!这两份"闲话"一道伴我多年,如今只剩《开卷》的"闲话"了,虽然略嫌孤单,但也是件可慰的事。但愿这唯一的"闲话"在宁文君的操持下照说不误,常说不辍。

二〇〇七年一月二十一日夜于西安

苏叔阳序

我之所谓有益的闲话,一般来讲是剔除了诲淫诲盗、教人设陷阱、探隐私,怎样断人家胳膊、截人家腿之类。如今这已经不是什么闲话,而成了正儿八经的"生意",这样的小广告雪片似地贴满墙、铺满地,真真的胆大包天。还有一种闲话,我对它也有疑惑,例如全国大话《红楼梦》,又是海选又是脱口秀,仿佛偌大个中国再没有别的题目好谈。我愿俯身在伟大的曹先生脚下,但不知他老人家怎样料得今朝路,点破万千梦中人。

我说的有益的闲话,是在心情松弛的状态下,让见识、所得、难忘的往事、内心深处的唏嘘……悠悠地从口中吐出。不必有什么固定的题目,起承转合的规矩,严肃的厅堂,正襟危坐的听客。三五好友,清茶淡酒,宇宙

黄宗江漫像　丁聪作

洪荒、细菌粒子、千年往事、眼前周折,事无巨细有感而发,足矣夫!作为一介书生,为官、经商、做工、务农,我样样稀松平常,唯一开心之事就是与好友聚而闲谈。我向往那些日子。记得与李凖、鲁彦周(愿他们在天国快乐)、黄宗江、梁信等诸兄散坐闲谈,同乔羽"老爷"扯东谈西,其快乐难以言表。闲话中的材料往往会构成一篇动人的篇什。说实话,从闲话中窥得出一个人的学养、素养、修养和涵养的。我曾说我有两位好师兄,学历不高学问不浅，可为人师。这就是李凖和乔羽。至于黄宗江大兄，是个百科全书式的人物，他心地公平，不怕献丑，广交四海宾朋，又难为他天赐的好记性，犄角旮旯的事他都记得，说起来眉飞色舞、南腔北调，虽略有结巴也如一曲天歌。

听这样的闲话长学问、增乐观、促友谊、益健康，何乐不为呢？认真说来现在这路闲话少了，时间、地点、刊物都成了天上的星星。我们喜爱星星，也想在一个可以盘下身子的地方，泡壶清茶或者温壶老酒说说闲话，浇心中之块垒，抒胸中之悒忧。此亦为建设和谐社会之必需也。

感谢《开卷》又编辑了一本《开卷闲话四编》，做了一件公德事。读者诸君翻阅后自会有一番独到的见解，不信？请您试试看。

二〇〇七年一月二十四日

朱金顺序

久闻南京凤凰台《开卷》的大名,但因生性闭塞,一直无缘拜读。到二〇〇五年秋天,我接到了《开卷》赠刊,而且至今不断。后来,给《开卷》投过稿,也收到过主编的约稿信。在一年多的接触中,慢慢领略了刊物的特色。特别是每期卷尾的《开有益斋闲话》,更是丰富多彩,意趣盎然。

不久前,收到了子聪先生大札,要我为《闲话》第四编的出版写序。这可是个既光荣又艰巨的任务。我从来怕为人写序,但又怕辜负宁文兄对我的信赖,是不能拒绝的。现在,就从一年多来读那些"闲话"的印象中,讲两点个人的感受吧。

《开卷》办得好,这卷末的"开有益斋闲话"是个重要特色,它是许多同类的刊物所没有的。在"闲话"中,子聪先生摘编了广大读者及作者的来信,这里有丰富的出版信息,有一些作者的近况,有广大读者读《开卷》的反响,更有作者和读者交流思想的成果。《开卷》的好,就好在有这《开有益斋闲话》;而"闲话"的好,就好在它是读者、作者获取丰富信息的平台。《开卷》是一份内部刊物,发行范围是有局限性的,但有了这广泛联系作者和读者的栏目,既扩大了刊物的视野,也增加了人们阅读的兴趣。也许《开卷》上的"闲话"栏目,正是一些公开出版发行的读书类杂志所难以办到的。我在读"闲话"一栏时,记得有人说《开卷》是同仁刊物,我认为《开卷》并非同仁刊物,它的作者圈子要宽得多。而有了《开有益斋闲话》,更是大大扩大了《开卷》的作者和读者范围,这该是过去的所谓"同仁刊物"所难以比拟的。

在"闲话"这个栏目里,主要是子聪先生摘编读者和作者的来信。这些信是写给执行主编的,写给刊物的,均为私人信函,写信人原本并不打算公开出来。这些信当然写得很随意,其中不免有些私房话。如今摘编后登在《开卷》上,就成了发表的文字,读者就要读它。因此,我愿向子聪先生提一个建议:摘编信件时,一定要把好关。

在那些来信中,难免有吹嘘的文字,甚至有些互相吹捧的语词,这些要坚决删除,切勿公开出来。即使是以夸张的词语、调侃式样表现出来的,也别放过,决不可摘录。如今,据说读书类民刊不少,我虽然很少交往,这种刊物手边也有好几种。恕我直言,在读书类民刊上,确有互相吹捧的倾向,我认为这种不良文风是必须坚决反对的。《开卷》是民刊中较为有名的,那么就该成为反对此风的表率!我读《开卷》的时间不长,还不到两年,我并不是说在子聪先生的《开有益斋闲话》上,已经有互相吹捧的文字,但我希望《开卷》越办越好,"闲话"一栏办出自己的特色来,宁文兄在摘编那些读者、作者来信时,要把好关,坚决剔除那些互相吹嘘的文字。

以上大着胆子讲了些不知深浅的话,算是序言,以付《开卷闲话四编》。知我,罪我,以待各位读者!

二〇〇七年三月十七日北京师范大学

化铁序

每得新书（或新版刊物杂志），有个偷懒的坏习惯，未看正文前，先翻书尾，先读它的后记。因为在那里可以读到作者浓缩的心声，那是对作品的真情袒露。

初次翻阅《开卷》这本杂志时，也是这样，随手先翻到书尾。在那里看到"开有益斋闲话"。它写的是，在编辑本期杂志时间段内，同时发生的一些事情。那是——与外面的读者、学者、艺术家、出版家、编者及作者们之间的聚会、谈话、书信文字往来等等。这样一来，就在薄薄一本《开卷》之外，为读者展现了一个更广阔的世界。

它与一般编后记有不同的话语。它有点像报社记者发给编辑部的报导：迅速、客观、真实。它又有点像日记体的文章，因为上面有某年某月某日的时间界定。它是一种独立的语言,是一种新款的写作方法、格式。

没有权钱上的博弈,也没有意识形态上的压抑。取个名字叫"开有益斋闲话"也十分恰当得体。就像坐在茶馆里,一边品茗,一边闲话。又绝不是"三俗"的语言,而是广大《开卷》读者关心和认同的话语,也同时是为这份杂志取得丰厚开卷率的闲话式的话语。

二〇〇七年四月于南京

施康强序

《开卷》每期,都有子聪兄的《开有益斋闲话》。这些"闲话"按日或按月排序,每一则单独看来,或许琐碎;一旦串连起来,按年编排,便蔚为大观,成了一群与《开卷》结缘的读书人、文化人、素心人的非官方活动的年鉴,当代文化生态的某一侧面的实录。在这个意义上,各卷《闲话》为文化史研究提供了宝贵的素材,就不再是"闲话"了。

二〇〇七年十一月六日于北京

后记

子　聪

刚刚印出的今年第十二期《开卷》已是总第九十三期了，再过几个月就可出满一百期了。近来我正和朋友们筹划编两本书，一本为《〈开卷〉百期珍藏版》，就是在已出的每一期《开卷》中选出一两篇文章，全书大约两百篇左右，这些选编的文章聚集在一起，就能基本看出《开卷》这些年所刊文章的风貌来，也可以说是对百期刊物的一次回顾，重要的是还能从中悟出些许百期以后的思路来；另一本则是《开卷》出刊八年多以来各界朋友为她写的一些文章，这里面有欣喜、有鼓励、有鞭策，也有发自内心的批评以及期望，当然也有一些媒体对"文化凤凰台"、《开卷》及"金陵书友部落"的报道，这一切都是值得我们珍视的。

在《开卷》这些年的足迹里,"开卷闲话"一直是书友们关心、爱护的一个文本,不经意间,在许多师友和几家出版社的大力支持下,如今已连续将"开卷闲话"从第一编做到了这即将出版的第四编,这不能不说是一件令人欣慰的事情。记得武汉的徐鲁兄曾在给我的一封信中说,他希望闲话一直能够出下去,一直出到十编,那将是读书界一道奇异的风景。但愿徐鲁兄的这个富有书生情怀的愿望能够有实现的一天。

在前面附录的几篇文章中,均有闲话是在茶馆品茗之间闲谈之意,这确是我的一点心思。所以,每一编闲话之前,我都会请四五位先生在书前写些序引文章,并没有多少深意,只是充分体现闲话的"闲"和"杂"而已,相信书友们可以理解我的这些心思。

前三编都是小开本,十分雅致、精巧,速泰熙先生的装帧设计之功不可忽视,而这第四编则换成了大开本,且请书衣坊主人朱赢椿兄为之作书籍设计。这件嫁衣我也颇喜欢,与前三本闲话相比,并无什么本质的区别,我以为只是前面在茶馆喝的是绿茶,而今则换了红茶品味一番,也别有一番滋味的。

关于此册闲话,我并没有更多的话可说了,要说的全在这本书中,当然也包含在谷林、高信、苏叔阳、朱金顺、化铁、施康强以及涂涂、何卫东、虎闱、淮茗、王稼句、万宇、秋禾和徐鲁诸位的妙文之中了,在此,感谢的话就不说了,一切美好的祝愿都深藏于心间。

这本书之所以能以较快的速度、可人的面貌出现在书友们面前,南京师范大学出版社的王政红、丁亚芳、王欲祥、戴联荣诸位先生均付出了艰辛的劳动,在此一并致以深深的感谢。

此时天已擦黑,就此搁笔,期待着我们在《开卷闲话五编》中再相聚首。

二〇〇七年十二月十三日傍晚于世贸大厦十四楼南京紫竹照排公司电脑房中

《开卷闲话五编》

（南京师范大学出版社二〇〇九年八月版）

序一：一种心态，一种情趣

朱　健

《开卷闲话五编》付梓之际，宁文远道下询不佞对"闲话"看法。对曰：不知其然及其所以然。如容许不求甚解，视"闲话"为文体之一种，则《开卷》诸端文字，均可"闲话"目之；"闲话"亦均可以《开卷》正文目之。盖多年阅览感觉并无如何不同也。即令位置互易，亦均顺理成章。前人评元吾丘衍《闲居录》云："书中所记，杂乱无序，字句亦少修饰，然考辨诸条，多有可采。"《四库简目》称元蒲道源《闲居丛稿》"词意真朴，无所雕饰"，"其文大抵雍容不迫，浅显不支"。对"闲话"得失兼及，可资发明。总而言之，"闲话"要在"闲"字，是一种心态，一种情趣，不计其余可也。

己丑年闰五月潇园

序二：释闲话

张叹凤

子聪先生编撰的《开卷闲话五编》即将出版了,要我写几句闲话印到上边去。这是最对我胃口的事,因为我在高校滥竽一生,正经学问没有,其实也只能说说闲话而已。

"闲"字十分有趣,充分显示了我们祖先的爱美甚至是唯美情怀,门前当树,拥木而居,这是多少人的梦想和情怀!通假古字"閒"是门内一月,亦称闲,会意,文字学家的解释是门隙透月,月色入户,这就很自然令我们想到了古人如太白、东坡的吟月诗,那么通灵,那么精致,那么具有自然的情怀。"有朋自远方来,不亦乐乎?"朋系二月交映,对月相酌,对月抒怀,古意盎然,宁馨得要流出汁来。闲当然也包括亲属相安,乃至异性的知己相慰,"炉边人似月,皓腕凝双雪",真是超级唯美。

一个闲字,摒除了功利,忘却了营营,达到诗意的高度。故而闲话,其实是哲学与诗学的别名。春秋的孔子与古希腊的苏格拉底,同时代人,学问多在闲谈对答中留下来,这样的范例举不胜举。孔子的学生子夏说:"大德不逾闲,小德出入可也。"这真是为闲话审美定了个宽松与幽默的语境。

我拿到《开卷》杂志,总是先挑后边子聪的"开有益斋闲话"来看,了解同人的消息,观阅知坛的动静,知悉文友的牵挂,甚至看看某老或某"怪"的牢骚,这都是"开卷有益"的乐事。大家都知道在《开卷》上边写稿、书信是不能邀功利,也不能博官阶的,这就相当于是一种对月骋怀,把酒话桑麻。为什么同仁们都割舍不下这一份薄薄的印张呢?原因无他,就在于一是偷闲,二是骋怀,三是最重要的,也是我下边要略为讲一讲的因素,即欣赏与敬爱。

同气相求、淡泊自甘的知识分子都颇有惺惺相惜的情怀,对高明过于己者,几乎是无私的接纳,衷心的爱赏与挂念。这种同工乃至同性之间的光风霁月般的友情,一部《世说新语》已记录在案。"容止篇"记录"惺惺相惜",堪称精彩绝伦,且唯美流风,源远流长。那些用了汉语词汇最精彩与最抒情的赞美,即如"珠玉在侧,觉我形秽","触目见琳琅珠玉","似珠玉在瓦石间","如野鹤之在鸡群","飘如游云,矫若惊龙","谈宴竟日,爱重顿至""此神仙中人","此不复是世中人"……勿以为仅一味赞叹"容止",其实这种容止即一种风度,一种操守和人格魅力。即便并无所谓"美风姿",如"刘伶身长六尺,貌甚丑悴,而悠悠忽忽,土木形骸"、"庾子嵩长不满七尺,腰带十围,颓然自放",一样倾注着同侪间的热爱以及记录者溢于言表的欣赏。

追究原因,无他——才华、冲淡、品藻,骨子里追求自由与唯美的精神。

这也即我喜欢《开卷》杂志乃至开卷闲话栏目的原由吧。

"明月松间照,清泉石上流。"闲话非此妙境不可。环境未必,心境必至。

何谓美感?车尔尼雪夫斯基有句话妙:"导我们于欣然充满无私快感的心境,这就是所谓美的享受。"

《开卷》的闲话以及上边的揭文,即通过知识的管道,带我们进入类此美的心境。

二〇〇九年六月十四日于霜天老屋,时暑,半裸袒作

序三:"闲话"不闲

躲斋

二〇〇〇年四月,《开卷》于南京创刊,执行主编子聪即随刊辟一专栏,曰"开有益斋闲话",每期皆有。起初,我与舒芜先生一样,以为是《开卷》的"编后记",后来才发现是个误会,因为"闲话"并不谈编事,也不评价所刊之文,而是如江苏章品镇先生所说,"是个微型的讲坛,它在作者、编者以外辟出地盘,也让读者来发言,使前者能从实际出发为后者服务"。这样的"闲话",自然不是什么编后记。如果在当代要找类似者,嘉兴范笑我的《秀州书局简讯》,庶几近之。

既是这样的"讲坛",当然受读者欢迎。所以天津的来新夏先生说:"'开有益斋闲话'更是我每期必读之篇。"上海的陈子善先生则云:"我每次拿到《开卷》,总要先把'闲话'快读一遍。"为什么呢?"因为'闲话'信息量大,历史、现实、人文、学术,无所不谈,无所不包。不但南京当地的文坛活动在'闲话'中有充分的反映,北京、上海乃至全国各地的出版动态、作家行踪,'闲话'也常有披露。"原来不仅是"让读者来发言"。北京的止庵先生讲得更具体,他说:"我读《开卷》的乐趣之一,在于每期的'开有益斋闲话'。此种资讯曾在旧杂志上见过,譬如家藏一九五〇年印行的《大众诗歌》,即有类似栏目。'闲话'则主要由两部分组成,一是作为《开卷》主办者的读书俱乐部的活动记载,一是各地文人和读者的来信摘录。前者连续起来看,呈现一个过程;后者则不妨视为其在一定范围内引起的反应。所有这些,统可以热心文化或即以文化概括之……"而南京的徐雁先生则给"闲话"以全面的评价:说它是"宣言书","宣示了'金陵书友部落'多年来的人文诉求";是"起居注","记录了学界、文坛、书林、画苑在跨入新世纪以来的所作所息";是"随笔集","抒写了文人学士们秘藏心田的笔墨掌故、艺林花絮,还有往日的情愫和友情的追思"。又说:"它更是一部文坛的大日记、学界的备忘录、书林的白皮书、画苑的写真集,它记录着一切客观的事相、主观的感悟,它传播着任何真实的资讯、真诚的心言,它既品评书林的青涩,又尝试画苑的芬芳……"

这些话说得很对,也很好,而且几乎说尽了。

那么,我于"闲话",又如何呢?

和陈子善先生一样,我一接到《开卷》,也是"先把'闲话'快读一遍",然原因则是四个字:"'闲话'不闲!"

何谓"闲话"?《辞海》释曰:与正事无关者,亦指题外者,所谓"闲话休提,言归正传"。但,什么是"正事"?如袁可嘉、谷林、陈乐民等诗人学者的谢世,是正事,抑非正事?再如方平,"闲话"二〇〇八年十一月三十日记:"木斧从成都来信:收到《开卷》第九卷第十一期,'开有益斋闲话'有一段文字,介绍方平为'翻译家、英美比较文学研究专家、莎士比亚研究专家',只字未提他在新诗创作上的成就。我早在《忆辛笛》中说过:'方平也是二十世纪四十年代的著名诗人,后来翻译家的名声掩盖了他的诗名。'果不出我所料,这里作为诗人的方平完全被删除了。其实,方平最初以写诗蜚声于诗坛,四十年代写过许多脍炙人口的好诗,他的代表作是《天窗》、《交响音乐》、《瓶花》、《愤》。一九四七年十月,上海星群出版社出版了他的诗集《随风而去》，影响较为广泛。新中国成立后的一些重要选本，如《中国四十年代诗选》、《中国现代经典诗库》都收入他的诗。我以为，方平先生应当是：诗人、翻译家、研究家。"这段辨正，在我看来，于文化界绝非"题外"之话。至若"闲话"提到的不很为人所知的吴门香书轩以及它的主人，文物书画收藏家李超凡、李学忠出版的《香书轩秘藏名人书翰》、《苏州名人手迹选》、《南社文存》；民间读书小报《清泉部落》的创刊（均见第九卷第一期《开卷》），凡此种种，都是关心文化、特别是关心民间文化的学人所需的信息，又焉是"题外"的闲话？此，即我之所谓"闲话"不闲也。更何况文字短小隽永，读来自有一番乐趣。

而今"闲话"已编至五集，我深信，只要《开卷》不歇，"闲话"也将永随，纵使中止了，它的生命也永远不会枯萎。

二〇〇九年七月八日病后，上海

序四:闲话"闲话"

梅 娘

每次《开卷》来,首读、必读的是"开有益斋闲话"。这是我喜欢的一个平台,这平台带给我的,是种哥们一般的情谊,是五湖四海的文艺信息,是为平淡岁月送致的有益律动,更勾连了诸多往事的回忆,是一种温温的脉脉相知。

通读着○八年的"闲话",我在寻找一个答案,寻找我为什么放置卷内的美文不读,非要先读、必读"闲话"呢?

寻找的结果是,"闲话"给了我这样几点启示:

"闲话"中讲人物:言简意赅,清清明明,字里行间贯穿着平和的浩然之气,使你如见其人,如闻其声。比如四期中说的王学仲、五期中介绍的彭燕郊。

"闲话"中传递的信息:东南西北、上天入地,缕述当前、夹及往事,隐隐中闪现的真知灼见,不知不觉间已受感染。如四期中的"罗飞从上海来信……"、"讲讲耿庸……"等等。

"闲话"为我拓宽了视野,广交了朋友。我囿于倚老心态,不关注新书榜,不读网上的文坛逸话,脑中一片迷蒙。是"闲话"说给我:有这些文人小聚,有这样的理论座谈,缤缤纷纷,益智赏眼。

"闲话"引发了有趣的遐想:二〇〇八年一期中黄宗江说到他的书《洋嫂子 & 洋妹子 etc》,我猜这洋嫂子可能是杨宪益夫人。上世纪八十年代我在外文局的后院里见过她,风姿绰约,气质很不一般,值得一写。至于黄先生本人,印象偏冷。上个世纪五十年代末,我奉命去大连参加一个讨论环保的大会,黄先生是出席大会的领导人之一,他一身黄呢子的将校服,正襟危坐,我这个农业电影制片厂的小记者,竟未能为他拍下一个好镜头。

在"闲话"中看见范用的题字,我想起张中行先生曾执意带我去参加三联人在孔乙己酒店中的一个小聚会,在几位着中山装的男士之中,范用的对襟大袄着装十分潇洒,消解了我对三联人的陌生之感。

再说吕恩,我们应该是同龄人吧,我想借用她给"闲话"的美辞作为这篇短文的结尾,希望她不会怪我。

"开卷有益……使我的晚年得到了充实。"

感谢"闲话"的运作,感谢"闲话"辛勤的推手,感谢!

二〇〇九年七月酷暑

序五:"开有益斋闲话"有益于我

李文俊

我是个不大爱参加活动的人,一则年纪渐老,精力有限;二则主要时间用于同两种文字打交道,很少需要与人联络。时间一长,知道的事情自然越来越少。现今报刊上登的又多是歌星的绯闻,文人的事基本上免谈——除非是此人去世了或者是杀了人了。因此,每期《开卷》后面那几页"开有益斋闲话"便成了我每期必读而且是必从末页读起的一个栏目。由此,我知道了许多过去认识或并不认识的朋友的近况,更可喜的是知道了他们比我更为健康与睿智的心态。这对我,也是一个鼓励。

而且,我相信,今后有人在写什么历史、传记时,说不定会从这些"闲话"里找到旁证,"见于《开卷》×期'闲话'"这样的字样也会出现在他们的正文或是脚注里,正如同我们今天读到的一些书里会提到《语丝》、《论语》、《七月》等旧刊物那样。

二〇〇九年七月于北京

序六：何闲之有

屠岸

中国第一圣人孔子，述而不作，留下一部《春秋》。我们中国是世界上少有的重视历史的国家，历代政府有史官设置，"在齐太史简，在晋董狐笔"，成为千古典范。司马迁宁受宫刑而不死，为了完成《史记》。然而除正史之外，稗官野史站在非官方立场，记录下历史的多侧面现象，起到或补充不足，或纠正舛误的作用。陈寿《三国志》因有裴松之注而大为增色。民初国史馆编撰《清史稿》，立场偏颇，史料不足。当今国家组织专家修《清史》，投入大量人力物力。从这一点，也可见国家对史的重视。这，正是中华传统的继续和发扬。

南京凤凰读书俱乐部推出的《开卷》，是笔者爱读的优秀民间刊物，从它可以读到许多有关文、史、哲、经的好

《开卷》百期座谈会(南京)与会者合影

文章。文,不仅指文学艺术,应指文化,包括社会科学与自然科学。作者似已形成一支队伍,其中有老、有中、有青,而老者居多。不少篇章文笔潇洒,思维敏捷,或对问题论析深刻,或为文史留下辙迹。每期均有一栏目:子聪的"开有益斋闲话"。初读,只觉无非流水账。渐渐读出味道来。《鲁迅日记》初读,觉得仅胜于"起居注"。多读,才发现它是研究鲁迅的必备文献;并为一册之遗失而怆然者久之。"开有益斋闲话"固然是"流水账",但其中包含着多少"干货",君可知否?

"开有益斋闲话"里,即以近两年而言,有纪事、有书函、有日志、有新闻。即使每年的新年贺卡发送者名单,也饶有趣味,可以看到文化界人对一份民刊的关注和喜爱。作家和诗人的行踪,书刊和文集的问世,画展

《开卷》百期座谈会(北京)与会者合影

书展的举行,国内国际的文讯……无不包容。我爱读学人通信。于光远二〇〇七年十二月八日信,贺新年,于老是时已九十二岁高龄,信中读及他因病住院,以及出院回家后的生活,包括细节,生动详实,读之令人感动。可贵的是,事情有连续性。二〇〇八年十二月于老又有信函,称自己"已是奔九十四岁的人了,能有这样的状态,我和家人还算满意"。作为读者,我感到欣慰。于老又说:"我会坚持自己一以贯之的不悲观、不放弃的精神状态,尽量维持相对高水平的生活质量。"这就不仅令人欣慰,更增加了人们对于老的敬意。"闲话"总是及时发布文人辞世的消息,如彭燕郊、方平、金隄、戈革、谷林、陈乐民……生老病死,自然规律,不可抗拒。而"闲话"提醒的,是他们留下的文化遗产,将长久地造福于社会,我们应倍加珍惜。"闲话"还发布赵家璧女儿忆父、吴奔星儿子整理父亲遗稿等情节。木斧称,方平不仅是莎翁诗与剧的译家,比较文学研究家,还是诗人,而后者常常被人遗忘了。提醒得好。彭燕郊辞世后,陈子善撰文提及彭把自己仅存的一套毛边本《彭燕郊诗文集》相赠,令人感动。吴岳添信中写到张丹丹希望收集她父亲彭燕郊的信函,令人关注。

二〇〇八年六月二十九日在南京召开《开卷》出版百期座谈会,同年七月十三日在北京又召开《开卷》出版百期座谈会。后者我应邀参加。此次出席者四十余人,发言热烈,共同祝愿《开卷》继续发行,为中国文化事业添新砖,加新瓦。一同出席者陈乐民先生当时音容,犹在脑际,不幸他鹤驾西归,令人欷歔!

当今是信息爆炸时代,每天所见所闻,充塞耳目,其中有大量垃圾。然而"开有益斋闲话",我每期必读,因为它有选择、有范围、有重点、有导向。我认为它是一角学界信息的窗口,若干人文历史的留痕。鲁迅杂文,有时在题目上加"闲话"二字。然则鲁迅杂文,洵可列入"经国之大业,不朽之盛事"。开有益斋标榜"有益",良有以也。

闲话闲话,何闲之有?

二〇〇九年八月一日于北京萱荫阁

序七:感想和心迹

顾 农

庄子生活在淮河流域,又是个有闲的人,大约经常打渔,所以他文章里常常谈到鱼,有所谓北溟之鱼,涸辙之鲋,得鱼忘筌,相濡以沫,如此等等。他说鱼际关系最好是相忘于江湖;相濡以沫看上去很亲密很美,其实可悲。

相忘于江湖固然大大高于相濡以沫,但与同游于江湖而又常常互通信息一比,大约又只能算是落入第二义了。现在人们在网上聊天、通信,有事没事打个电话,发发手机短信,全都非常方便。庄子离现代化甚远,他想不到这些。

但现代人有时仍然会有众里身单的感觉。书生们忙于读书和玄想,在公关方面一般比较疏懒,在下即属于此类落伍者。我很乐于享受这份宁静,但又不安于此种落伍,所以每次收到《开卷》,总是先翻到卷末的"开有益斋闲话",先看各路英豪在给编者子聪先生的信里说些什么,他们在干什么、想什么,然后才读正文。让别人不知道或忘记我,而我却很了解他们——我喜欢这种单向度的忘。

有这样想法的鱼肯定是一条自私的鱼,好在也还是无害的。无害即近于有益;而翻阅"开有益斋闲话"及其汇印本《开卷闲话》,纵观江湖之大,了解士林动态,则一定有益,用历史的长镜头来看尤其如此。

《开卷闲话五编》将出,子聪兄要我说几句话,我是不大敢来开口的,因为我极少给他写信。只是高情难却,却之不恭,因略述一点感想和心迹,表示祝贺并借以补过云。

二〇〇九年七月二日

后记

子 聪

《开卷闲话》自二〇〇三年十月由凤凰出版社出版后的五六年间,竟然因各种机缘,陆续在岳麓书社、湖南教育出版社、南京师范大学出版社等四家出版社出到了第五编,这是我当初所不敢奢望的事,但却在众多朋友的鼓励和帮助下一路走到了今天,这实在是一段令人愉快的纸上行旅,这其中包含了许多令人回味的往事与随想。

这本小书收录了《开卷》中"开有益斋闲话"二〇〇八年一月至今年六月的全部内容,在此次编印成集时,增加和订正了少许文字,并且插入了数十幅相关图片,使得这本小书由此而丰富活泼起来。

短短的一年半的时间中,《开卷》这本刊物多年来的

丁聪自画像

支持及赐稿者贾植芳、谢蔚明、王元化、戈革、耿庸、方平、萧萐父、何满子、丁聪、季羡林等先生相继走向历史的深处。在此,请允许我代表《开卷》的读者向这几位先生表达我们深深的哀思之情。

我一直以为,《开卷》这十年来其实只做了一点点有关文化传承的小事,并在其中享受到了无穷的乐趣,而且仍然愿意这样一年一年地做下去,同时也希望"开卷闲话"能够六编、七编地一直出下去,直到有一天能看到十编的问世。到那时,我想或许会别有一番滋味在心头吧。

当然,这只是我的一个痴想而已,至于是否能够实现,说心里话,那将是众人相助而后成的一件事情。对于本人而言,并无太多的奢望,随缘吧。

在这本五编印出前,我照例请了几位先生在书前写下了他们对于"闲话"的观感。每一篇序言都不长,但都写得意味深长,缤纷多姿。在此,请允许我向朱健先生、张叹凤先生、躲斋先生、梅娘先生、李文俊先生、屠岸先生、顾农先生表示深深的敬意和由衷的感谢。

南京师范大学出版社的王政红副总编辑、丁亚芳老师、王欲祥先生及责任编辑向磊为这本小书的问世付出了很多的辛劳。在此,也请允许我向他们表达我的感激之情。

二〇〇九年七月十七日下午,时窗外热浪袭人后记

《开卷闲话六编》

(上海辞书出版社二〇一一年七月版)

黄裳序

在《开卷》十周年纪念时,我曾写过一小文为祝。其中有"立此存照,文苑所珍"二语,其实指的就是"开卷闲话"。编者子聪交游广阔,交天下士,消息灵通,随时着笔,以飨读者,救其蔽塞之病,功莫大焉。近来作风渐变,由"世说新语"式只言片语,渐趋长篇报道,凡学人聚会,必有长篇纪事,详记始末,其意义乃近于文苑史记矣。且取材公正,不删不减,异议纷呈,有"百家争鸣"气势,其作用更非从前模样了。诸家议论、风度,往往与此中得其实况。于只言片语中,得识其真面。这就是我说的"立此存照"的意思。

现在《闲话六编》即将问世,使我惊异。"闲话"如此之多,一也;读者欢迎如此热烈,二也;此一文章体制有开

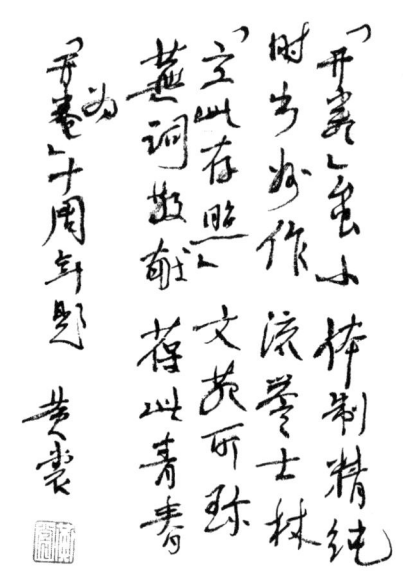

黄裳墨迹

山之功,当今"国学"大热之际,如有贤者继湘乡曾氏之余烈,新编"经史百家杂钞",必将此种新文体列入,一新读者眼目,则子聪之贡献伟矣。聊书片言,以当喤引,非敢言序也。

庚寅寒露前二日,黄裳记。

钱伯城序

《开卷》的文章,短小简洁,不作套话官腔,读来轻松自如,趣味盎然。我是老读者,不夸张说,几乎篇篇有可看之处。每次收到这本朴素无华的小书,我首先要看的,即是卷末子聪的《开有益斋闲话》。此中汇集着全国四面八方读书人、爱书人——亦即他们自称的书迷、书痴或书虫们——发来的各种读书活动信息,仿佛自己也置身其中,谐游其境。其趣无穷,其乐亦无穷。

我看,《开卷》之成功,即在于这个趣上,由趣生发出乐来。

过来人不会忘却"文革"时,全民齐读"老三篇",有一篇教导人们,要做"一个脱离了低级趣味的人"。有低必有高,那时的高级趣味,早晚背诵语录,唱语录歌,跳忠字舞,或是齐声学唱样板戏。拜谢改革开放之赐,人们方才找回了脱离低级趣味的高级趣味——读书之趣。

明朝有位提倡小品文、写白话诗的大文学家袁中郎早就说过,"世人所难得者唯趣,唯会心者知之"。他做过吴县(今苏州)县令(相当今正处级县团级干部);后调中央,做到吏部(相当今组织部)郎中(相当今司局级干部),"居官十九年,不置升合田。好山水,喜谈谑。不能酒,最爱人饮酒,意兴无日不畅适,睡或高歌而醒。好修治小室,排当极有方略"。这是弟弟小修为中郎写的"行状"即小传所述,证之中郎一生言行,不是人死瞎捧场语。可见中郎做官,历任要职,廉洁自守,一生为趣而乐。这样一个人品极高,又懂得趣味的古人学者型公务员,又会写有益于世的高级趣味诗歌散文,不是很可爱可敬又令人心向往之吗? 有人品,方有文品,方有官品,假若是做官的话。人品永远是第一位,这是古今之人概莫能外的吧。

出版界业内人知道,办杂志比出书更难,刊号这一关就过不了。《开卷》开辟的是另一条路,不挂靠出版社,作非卖品,书友普遍赠阅,赤手空拳,自力更生,打出一片书趣新天地,并引发了一批民间读书报刊的蓬勃兴起,让高级趣味的读书之趣之乐散播人间,厥功伟矣,我当然要向之致敬。

《开卷闲话》前已出版五编,广受书友读者欢迎,我亦《开卷》书友一分子,值兹六编出版之际,特应子聪君之邀,拉杂写这几句话,以当祝贺,并以为序。

岁次庚寅(二〇一〇),时逢盛夏,挥汗写于上海观景楼。

罗飞序

《开卷》出了十年,时间不算短,还在继续出,可喜可嘉。《开卷闲话》也已出到六编,值得祝贺。

《开卷》刊物虽薄,朴实无华,七、八年前邂逅,即被其吸引,其中有些短文,看似小花小草,但细细品味则含蕴深邃,见解独到。子聪先生的编者后记《开有益斋闲话》,磁力更强,每有新刊到手,必先展读此栏。子聪先生深谙文化信息的价值,他视"闲话"专栏为事业。有气魄、有胆识。坚持十年,孜孜以求。依我看支持他的是一种坚定的信念,当此多数人信念缺失之际,实在难能可贵。《开卷》因为有它自己的声音,我对之肃然起敬。

"开有益斋闲话"辑集成书时更名为《开卷闲话》,即有来新夏"序",文中就估测:"一则《开有益斋闲话》与清人朱绪曾的《开有益斋读书记》有重名沿袭之嫌,二则更名《开卷闲话》则更足以表明其代表性。"我则以为书名只带"开卷",不与"有益无益"相连,则更合乎科学。

是的,历经禁书、焚书的"文革"之后,国人精神饥渴已极,一提到"开卷",马上就会联想到"有益";这正是国人对"书读得愈多愈蠢"的反拨。如果说"书读得愈多愈蠢"是一条"最高指示"的话,那么这"开卷有益"也是古代的一条"最高指示"。"历史是在前进还是后退?"若有谁问我,我只得哑然。"开卷有益"据传出典于宋代王辟之《渑水燕谈录》,该书卷六云:"宋太宗日阅《御览》三卷,因事有缺,暇日追补之。尝曰:'开卷有益,余不以为劳也。'宋太宗赵光义"开卷"、"御览"的乃是一部"太平类书",多门类的资料书。看上去是皇上亲自抓的政绩工程,实质上赵光义网罗所谓"名士"编书,乃在于圈养"牛鬼蛇神"。鲁迅在《中国小说史略·第十一篇(宋之志怪及传奇文)》开头就说得明白:"宋既平一宇内,收诸国图籍,而降王臣佐多海内名士,或宣怨言,遂尽招之馆阁,厚其廪饩,使修书,成《太平御览》、《文苑英华》各一千卷……以太平兴国二年(九七七)三月奉诏撰集。"(下略,文中着重点为引者加。)

这层意思在《中国小说的历史的变迁》的讲稿内,说得更加直白:"因为在宋初,天下统一,国内太平,因招海内名士,厚其廪饩,使他们修书,当时就成了《文苑英华》、《太平御览》和《太平广记》。此在政府的目的,不过利用这事业,收养名人,以图减其对于政治上之反动而已,固未尝有意于文艺;但在无意中,却替我们留下了古小说的林薮来。"(《鲁迅全集》九卷三一九页)亡了国的头面人物不是发牢骚吗?把他们"招之馆阁",给他们住豪华宾馆;"厚其廪饩",发丰厚的伙食津贴,让他们顿顿酒宴。圈养起来,"以图减其对于政治上之反动而已"。皇上派李昉监修"太平类书",同修者十二人中有徐铉和吴淑翁婿,原都是南唐后主李煜亲信,跟着旧主子一齐被俘虏而来,其他人大致也是同类角色,这些人编的书,会不会"放毒"?赵炅自然放心不下,虽日理万机还得每日审读三卷。朝政若过于繁忙,耽误了进度,还得补课,辛苦是够辛苦的了。(以后有人戏说历史写赵光义的电视剧时,大致也不会忘记加上他这比清代皇帝更勤政的一笔的。)赵炅身边忠心耿耿的奴才心疼主子,遂有劝他不必如此辛劳之进言。为宽慰奴才,主子曰:"余不以为劳也。"

皇上津津有味说:"开卷有益。"有什么益?皇上不说。其实：不必说，也不可说。以今类古，大致他治下的臣民是会体会到它的分量的。恰如上世纪六七十年代我和同时代人深夜每听到喧闹的锣鼓声中送来玉言，总在昏昏蒙蒙中，半是惊心半是木然。

宋太宗留下了"开卷有益"的名言，后人或以为他"文采风流"。事实上并非因为他有异于常人的丰富的想象力和旺盛的创造力，才坐上皇位，弑兄夺权的"烛影斧声"之说虽仍是一个历史之谜，但从一些史实可以窥见他从"开卷"中捞到的实惠。

面对李煜手稿：什么"小楼昨夜又春风，故国不堪回首月明中"，什么"问君能有几多愁？恰似一江春水向东流"，什么"无限关山，别时容易见时难"。赵炅得到的是俘虏亮出的原生态思维活动：一个亡国之君，居然"人还在，心不死"，总是惦记着他那失去的天堂，是可忍孰不可忍？提倡"开卷有益"，一脸明君面孔的赵炅，只有赐这位大诗人牵机药完事。据《宋史·太宗本纪》赵廷美（即奉旨毒杀李煜者）其后也被其兄一再迫害，郁郁而死。可见赵炅层层收拾已经臣服者，也颇富剥笋技巧。

今人认识到"杀俘虏历来是名声不好的"，所以二十世纪苏联卡廷事件，斯大林杀了波兰大批军官，就一直赖给希特勒,直到苏联解体档案披露,才暴露真相。一千多年前赵光义公然派弟弟赵廷美赐牵机药于李煜,并未打什么好听的旗号,说为什么阶级服务之类,更没这个那个主义好借口,大家都明白就是那么回事,爽爽快快毒死他。至于看上了小周后的美貌兽欲发作,也毫不含糊:"一顶翠轿,抬进大内,一住旬日,方准放回。"据说《宋太宗强幸小周后图》宋人粉本,元人冯海粟学士题诗讥之。有资料称周作人对此图曾有收藏。李国文在《中国文人的非正常死亡》里写到李煜之死,愤愤然:"那个鸩死李煜的宋太宗赵炅真歹毒、真残忍,也极其不是东西。从文学史的角度考虑,他除掉皇帝事小,除掉诗人事大。皇帝这个差事,谁都能干,黥髡盗贩,衮冕峨巍,那么阿猫阿狗,白痴呆虫,坐在金銮殿上,同样人模狗样,挺像回事的。而能留下璀璨篇章千古传唱的不朽诗人,却不是随便拉一个脑袋来就能充数的。"(人民文学版一一三~一一四页,二○○三年四月三版)

这里我从书香儒雅的"开卷有益"扯到赵炅的鸩杀李煜,又牵扯上赵炅之"强幸小周后",血赤污拉,大杀风景。赵炅既然恶迹昭彰,是否要因人废言?依我鄙见,抽象继承"开卷有益",未尝不可,但万万不可迷信。当今潇湘诗

《野坡散记》书影

人朱健有言:"书之所以为书,端在以其无形之手,特异功能塑造着人。烙下胎记痣印,终生磨洗不掉;嘴脸美丑善恶,型范铸定,无可奈何。"(《野坡散记》三十一页)"开卷"能不慎乎?尤其当今文化生态受到很大污染,图书鱼龙混杂,灾梨祸枣的垃圾所在多有。在俗雾弥天的文化氛围中,"开卷"读书之后,还必须"掩卷沉思",方能收到"有益"的效果。书当然要"有所读,有所不读"。关于这点邵燕祥有很好的论述:"什么书宜读,或必读,什么书可以少读以至不读,这里有一番选择的功夫。……能够选择什么书读什么书不读,也就懂得了读书之道。一书在手,读过之后,信与不信,信哪些不信哪些,又须选择。"

总起来说,开卷有益还是无益,读者自己要用脑子。浑浑噩噩,即使开卷,不会有益。

《开卷》刊名好!《开卷闲话》书名好!

好就好在,一卷在手,对你有益抑或无益,请君自己思考!

子聪为《开卷闲话六编》出书邀我写序,愧不敢当。谨借得一泓意识流,聊作读后感。

公元二〇一〇年八月,于上海高温酷热中。

文洁若序

《开卷》是一份民间刊物,打的旗号虽小,但是办得活泼、生动,别开生面,在读书界颇有影响,很得人缘,是读书人的精神家园。

执行主编董宁文先生是一位读书人,他有激情、有理想、有能力,《开卷》能赢得读书界的关注,并成为读书人喜爱的刊物,这与他的辛苦努力是分不开的。他惠赠的《开卷》,开本虽小,版式却雅,让人随意翻阅,可以从容玩味。我每期都仔细地看,有时读着、读着,就会生出一些感动来。自创刊以来,《开卷》一直坚持以文会友,这样小小的一本刊物,竟然汇聚了当今文化界、读书界的一大批人,让人既可亲见文化名人写人论事文章,也可听见普通读者抒发己见,名人大家与无名小卒一起登台,营造了一

開卷有益

慶賀開卷創刊十週年
此乃讀者的精神家園

文潔若 庚寅年春

文洁若墨迹

份浓浓的书香,真是难得。文章的体裁也形式多样,但都与读书有关,让人读了,感觉心里特别开心,也特别充实。

这些年来,我写散文,搞翻译,秉承萧乾先生的遗念,很有干劲,出了不少成果,《开卷》也为我提供了一些信息资源和精神营养。年初,受董先生之邀,我给《开卷》的题词是:"庆贺《开卷》创刊十周年,此乃读者的精神家园。"这是我的心里话,《开卷》历经十年风雨,在凝集读书界的智慧与人气方面,做出了很大的贡献,它为读书人的真情流露,提供了一个精神休憩的场所,大家永远都深感谢意。

今年欣逢《开卷》十周年纪念,写此小文,以作纪念,希望《开卷》能一如既往地办下去,越办越好,同道中人越来越多,更有益于广大读书人。

陈学勇序

我自己写的书没有一本请人作序的,并无深意,不过以避索讨美言之嫌罢了。然而,我却给别人的好几本书作过小序,这岂不有点讽刺味道。

按说不该答应作这些序言,但每回受请,似乎都有不便辞谢的不同的具体的缘由。就如这回,《开卷》十周年之际"闲话"辑为第六编,我就想借此序说说关于《开卷》的话,其他文章里不大有机会说到。

现在的"民办"——所以打个引号,因为完完全全地由民来办,很难的事——读书刊物越来越多,亦不乏颇具特色者。即使不好说《开卷》是最早的一个,也可说是为数甚少的最早几个之一。创办它的蔡玉洗、徐雁诸位原已认识,便有幸自创刊号起得以逐期寄到。小小三十二开,素净淡雅,文章也与它的开本、色调相称,煞是可爱。此后读《开卷》成了我的生活习惯,仿佛期待一位有约的朋友。若如期未至,便要念叨,怀疑邮路出了故障。果然故障过几次,每次必奉函董宁文先生,劳他补寄。董先生很忙,又是兼差,我很有些不好意思,还是硬着头皮烦扰,为的保存全套《开卷》。多年来得到民办官办的赠刊不少,有心存它全套的唯《开卷》一种,由此董先生能谅解我的。

《开卷》每年登我一两篇短稿,如果到了八九月份还没有登过的话,唯恐今年空白,赶紧炮制,赶紧恳请主编行个方便,插队挤进。这点孩童气,可笑而不怎么可厌,纵然会给他人带来点儿麻烦。我在《开卷》上登文章,比登到有些大杂志更加高兴,不是为发表而发表。一些相识的朋友和我一样,每期必读《开卷》,那么,我的文章也就给他们报了个平安,也沟通了心路。《开卷》的文章我未必篇篇寓目,后面的"闲话"则一段不漏。它有许多信息,特别希望从中获悉熟人的近况,我平素慵懒,疏于联系,借这里见上一面,得些愉快。这些信息,零零碎碎,断断续续读来,也许不很起眼,汇集成一册数册,若干年后,有心人会发见它们的史料价值。至于本真地显露一代读书人的心态,表明古风尚未云散殆尽,尤是它的现实意义。

有时我也会私下品评《开卷》的某些不足,正逢它十周年的喜庆,这里就不说了。还不想做鲁迅《立论》里那个说实话的来客,他说的过生日的孩子将来要死,固然不假,最好留待相宜的时候相宜的地方去说,现在毕竟是过生日么。十年,在宇宙仅一瞬,于个人,能有几个十年呢?民间读书刊物的生存尤为艰难,我获赠的此类刊物很有一些,有的时断时续,更多的鲜克有终。不张不扬的《开卷》,平平稳稳过来了,愿它这么自在地走下去。我不想重复编者怎么辛苦、怎么认真这样的赞扬,宁愿想象他们的乐在其中。那分浓厚兴趣,和另有的收获,使编者已不在意其辛苦,也意识不到认真与否。这是一种情怀,不少编读书类民刊的朋友都有这样的情怀,也许它过于古典,但就当下比比皆是的利润挂帅的刊物,它为参照,虽过正而不失矫枉。

最后再絮叨一句,每念及当初《开卷》创办者的有识,以及仍在操持编政人士的有恒,犹如这几天的酷暑,油然添一丝惬意的清凉。

二〇一〇年七月

汪家明序

《开卷》百期，我写过一篇短文。在文中，我担心，这读了多年的小册子，是否会忽然消失。前几日收到一百二十三期，并得知，《开卷闲话六编》也将付梓。这真是令人高兴的事情。

我读《开卷》，如读其他闲书，是随意的，凭兴趣挑着读。也许一篇文章连读两遍，也许读了开头就放下。读前，没有目的；读后，也不刻意思想。但每期"开有益斋闲话"，是必读而且读完的。这是因为，其中总有吸引我的东西，即如本编：

> 五月十三日，黄宗英从北京给成都的车辐写信说："前些天看完了……一本'大砖头'——《七十年代》，李陀、北岛编，挺过瘾……"

七月七日,沈峻(丁聪夫人)从北京寄来《小丁与三联书店》纪念册一本,并在封二写下这么一句话:"谢谢你一直送我们杂志,这期又登了丁聪的文章。老丁走了,以后再也见不着他了。送上小书一本,留个纪念吧。"

再过一个半月,屠岸给《开卷》来信:"……再说一下我那本书。吴祖光一身正气,不趋时,不媚俗。被打成'右派'……有人对他说,'你生不逢时'。他拿起笔来写下四个大字:'生正逢时'。我那本自述,书名想了好久,没有满意的。三联的年轻女编辑王振峰,是我这本书的责任编辑,她见到我的自述中提到吴祖光的这件事,便建议书名为'生正逢时',我一想,太好了,王振峰小友真聪明,用!"

十一月三十日,范用从北京来信:"从《开卷》看到您编了几本书在青岛出版社出版,我想买一套,但不知出版社的地址,请代买,收到后即将书款邮费寄上。"

粗粗一过,就有这么多与我所供职的三联书店有关的轶事。《七十年代》正是经我手签发的,为它的出版还请李陀、李零、徐冰等先生来三联韬奋图书中心与读者见面;《小丁与三联书店》是由我主持编印的,寄托了我们的感念和哀思。丁先生的去世是二〇〇九年最为触动三联同仁情感的大事;如果不看《开卷》,我还不知道,"生正逢时"这个书名是我们的"年轻女编辑"王振峰建议的;三联前辈范用先生已经两年多不出家门,大都躺在床上,去看他,他也很少说话,书也懒得读了。最近住进了协和医院。没想到,他还在读《开卷》,并给宁文写信,这真让我惊奇。可见《开卷》有独特魅力。

《开卷》甫一创办,我就得到馈赠,但与宁文相识,还是在北京东四孔乙己酒家的一次饭局上。记得那天范用先生、丁聪、方成、黄宗江、姜德明等先生都在座。有丁、方、黄三位在,满桌笑声不断,诸老精神很旺。方先生八十多岁,是骑自行车来的;范先生拿根拐杖,玩具而已,并不实用。宁文像家里后辈,忙着张罗酒菜,不谈工作。正是春天,窗外柳条轻拂,盘里醉虾抖蹦,进门处的鲁迅塑像端立着……

转眼七八年过去了。老先生们势难再聚,孔乙己酒

在孔乙己酒家聚会合影
前排左起：蔡玉洗、丁聪、黄宗江、袁鹰、范用
后排左起：董宁文、沈峻、汪家明、姜德明、陈四益

家里的笑声已成绝响，唯在《开有益斋闲话》中仍能看到他们的踪影（包括丁聪先生逝去的身影）……

在这匆匆忙忙、纷纷扰扰、人欲泛泛的世上，有这样一本闲话小册子，吸引这样一些忙里偷闲的人，写这样一篇篇闲情逸致的文章，记录这样一个个社会闲空里的片段，不是一件奇异的事情吗？而这些"闲话"一次次汇编成书，使"片段"连缀成长卷，俨然证见了其内里的历史和思想品质。这就是我为《开卷闲话六编》的付梓而由衷高兴的缘由。

后记

子 聪

这本小书是拙编《开卷》中的专栏《开有益斋闲话》的第六次结集了,自二〇〇三年十月由凤凰出版社出版《开卷闲话》以来的八年间,陆续出版了闲话的续编、三编、四编、五编,如今因为卫国、小明两位先生的厚爱和支持,六编即将印行,此时此刻,确实有些感慨,想起十一年前,南京的几位爱书的朋友创办了一本只有一个印张的内刊《开卷》,通过这个小小的平台,在十余年间,与全国各地许许多多的爱书的师友建立了广泛的联系与交流,编者和读者都从中获得了太多的读书之乐。也是通过这个小小的交流平台,我们还编辑出版了数套《开卷文丛》,以及《开卷读书文丛》、《凤凰读书文丛》、《开卷书坊》等丛书，其中有不少作者已陆续走进历史深处，回想起与这些老先生的生前交往的点点滴滴，犹如昨天一样历历在目，让我们记住这些可敬的先生们的名字：王辛笛、范用、绿原、谷林、魏荒弩、彭燕郊、范泉、许觉民、戈革、王世襄、叶至善、华君武、张岱年、方平、潘旭澜……这些将被后人不断记起的名字都会成为读者文化记忆的一个个组成部分。

《开卷闲话》中所记录的也正是这样的一些人和有关于他们的一些事。

这本闲话的前面，照例请了几位《开卷》的老作者写下一篇篇闲话作为序言，他们从不同的角度对闲话进行了解读，相信亲爱的读者朋友能从中体味些许妙处来，若从中还能读出一些弦外之音来，那就更妙了。

这本小书能够以现在这样的面目出现，朱赢椿、刘春杰、具体、丁大军、陈卫新诸兄均付出了辛勤和汗水，在此一并致谢！

子聪记于秦淮河畔之尚书楼北窗，时在二〇一一年四月三日午后。

《开卷闲话七编》

(上海辞书出版社二〇一三年六月版)

刘绪源序

子聪先生编《开卷》已逾十载,所写《开卷闲话》出到第七本,想来真是不容易。文人做事,"其兴也勃焉",最爱说的就是那句"乘兴而来,败兴而归",所以,有好的开头没好的收尾的事,十件之中总要占到五六,乃至七八。子聪编书编刊,真如其文字所示,是那么安闲写意,其乐融融么?恐怕没这回事。凡长期坚持的工作,虽有一种乐趣在内里支撑,却也不免有"熬"的时候,有惨淡经营的一面,有难以为继却又山重水复的过程,这是每个有类似经历的人都会有的经验(动辄"败兴而归"的公子才子,是不会体验这甘苦的)。所以,提笔写这篇小序前,先要郑重表示:向子聪先生,向这位默默做事的、不懈的劳动者致敬!

关于《开卷闲话》的好处妙处,所说的人已不少,不必我在此处赘言。但我毕竟也做了多年编辑,文章已看过不少,对于文章的好坏,也可算是知道一点了。"古董店的小伙计"有时插嘴,说几句古董品位高下的话,所谓鉴藏专家往往不能不当回事。我虽还没有这资格,插嘴说几句的冲动却是有的,于是不管三七二十一,如实道来,以就教于子聪吧。

最近几年,写买书访书和书友交往的日记体的文章,似乎多起来了,结集成书的,就我接触的范围看,至少也有一二十种。这里边,比较喜欢的,还是《开卷闲话》和《笑我贩书》。二者的风格略有不同,范笑我君似乎更"自然主义"和"浪漫主义"一些——这两个"主义"当然是借代,前者指他事无巨细有闻必录,且毫无顾忌;后者指他文章气势上的放达,虽只是纪实,并且只记他人的话,却读得出他作为听者的激情,读着也容易让人兴奋起来。子聪君则更"古典主义"和"现实主义"一些,我指的是他记事的老到、收敛、注重资料性,并且不刻意惹是生非,照顾到各方作者读者的舒适。这样收敛的文字仍能让人读得津津有味,这里就有奥妙在焉。

应该说,子聪的文字与近年出版的某些书友日记相比,在品位上是略高一筹的。这首先在于眼界开阔,他所记的,不是只有自己或一二私友感兴趣的小事,诸如某日买书赚了某日又亏了之类,而多是大家有普遍兴趣的事。他来往的朋友中不乏大家,所谈者确有不一般处,往往翻不了几页,即感神旺,欲罢而不能了。其次,是作者心态比较端正,他对不出名的书友同样尊重,决不端架子;对大名家则既有足够的敬重,又能保持平常心,无受宠若惊之态;更可贵者,是字里行间,决不乘机标榜抬高自己,于是显得雍容大气。我以为,这里的关键还是眼界开阔,看得多了,一切了然于心,不争一己得失,这才写得出好文章。

子聪的文字如前所说,相当收敛,因重在记事,所以也不作太多的发挥。这自有引而不发的好处,因此也更为客观、耐读,容人自去咀嚼。但我以为,其实也不妨偶尔插入一点点主观,即使作为调剂,也会使全书增色。如孙犁的《浇园》,一篇非常写实的冀中乡村小说,但写至最后,却忽然来了段华彩的笔墨:

> 天空里只有新出来的、弯弯下垂的月亮,和在它上面的那一颗大星,活像在那旷漠的疆场,有人刚刚弯弓射出了一粒弹丸。

这是写景,又是抒情,还暗含着爱神丘比特的比喻,文章的境界一下子开阔了。我想,这就是文气变化所至吧。近读清人编的《六朝文絜》,前有谢章铤的四百字小序,写得简洁老到,但写到编书者日后的前途时,也有一段意外之笔:

> ……浔阳、湓浦之间,觉人(即编书者)之书屋在焉。日斜风定,江天萧瑟,其乐与素心人共晨夕乎?寻章摘句之余,其无有上下数千年,纵横十万里之思乎?

全文戛然而止。这最后的设问与抒情,一下子把这本书与这位编者带到了一种全新的境地,不由让人浮想联翩。我想,子聪的纪实的文字中,如偶或也有此种变化,即使整本书中只出现一二处,也会给人以意外的惊喜。在收敛的文章中,有时放纵一下,会有特别的意趣。"文似看山不喜平",即此之谓乎?

权将这"小伙计"的自说自话,供奉子聪先生参考。

二〇一二年五月草于上海香花桥畔

李世琦序

今年五月十七日,我正在保定出差,收到董宁文兄的邮件,约我为即将付梓的《开卷闲话七编》写序。今年,我已与一家出版社签约,在国庆节之前交出一本专著的书稿,预计在二十万字,现在只写出不足二万字。此前,我已经提醒自己不要再接临时插进来的约稿。思忖之后,我还是很快给宁文兄回信,答应承担此项任务。

我之所以承担此项任务,是因为《开卷》是我看重的杂志,宁文兄是我看重的读书人、编刊者。二〇〇八年春,《开卷》出刊百期,我曾应邀撰写《书香一缕祛喧嚣》一文,文中写道:"读这个刊物,感觉作者是读书人,读者是爱书人,《开卷》是读书人、爱书人的同人刊物。它刊载的文章没有功利性,没有铜臭气,就是一群读书人、爱书

杨绛墨迹

人进行自由交流的平台。在世风浮躁的当今,它营造了一个读书、写作、交流的小环境,可以慰藉焦虑的心灵,祛除世俗的喧嚣,在市场化、粗鄙化的文化沙漠中营造了一个文化的绿洲。"

那时,我与宁文兄还缘悭一面。那年夏,我在芜湖参加一个学术会议,因为误了从南京回石家庄的航班,需要到南京市内办改签手续。我忐忑不安地给他打了电话,他热情地约我到凤凰台《开卷》编辑部见面,还请我在附近一家颇为雅致的饭店吃了午饭。午饭时,听他简略谈了他的经历与办《开卷》的一些事情。他给我的印象,气质儒雅,高挑身材,言谈诚挚,普通话略带南京口音。他待客不是非常热情的那一类,但让客人感到他的真诚。

弹指一挥间,已然过去了四个年头,《开卷》的编辑部也从凤凰台搬到了卧龙湖。其中的曲折我不甚了然,但

冯其庸墨迹

可以想见。《开卷》终于继续出刊,我为《开卷》庆幸,也为喜欢它的读者慰藉。

《开卷》的真正价值,我觉得大约要到数十年、上百年以后才会凸显出来,那就是"记录物化时代的优雅"。读者知道,从五四时代的"砸烂孔家店"开始,而后是"救亡压倒启蒙",八年抗战,国共内战。新中国成立后,连续不断的政治运动,一直到灭顶之灾的十年"文革"。中国传统文化奄奄一息。改革开放后,传统文化刚刚获得生机,铺天盖地的经济大潮无孔不入,无坚不摧。到了今日,政界卖官鬻爵,商界唯利是图,学界斯文扫地,"中华民族到了最危险的时候"。处此时代,有良知、有责任感的文化人应该发出自己的声音,继承屈原"世人皆醉我独醒,天下皆浊我独清"的精神,传承顾炎武"天下兴亡,匹夫有

黄裳墨迹

责"的火炬,不惧孤独,不惧艰难,执着前行。《开卷》人以及与它同职志的报刊正体现了这样一种可贵的精神。虽然他们人数不多,却真正代表了中国当代文化发展的方向。

如果没有《开卷》一类的报刊,后人在查阅我们时代的文化资料时,看到的是千部一腔、千人一面的文艺作品,同质化的理论文章,无错不成书,无错不成报(刊),后人将会鄙视我们的时代,我们也愧对我们的先人,就像我们今天看待科举时代的八股文,看反右派运动、"文革"中的大批判文章。有了系列出版的《开卷》等报刊,后人会发现在这个物化的时代,尚有一批读书人在默默做着自己的工作,尽着自己的义务,如鲁迅评论唐末的小品文,这是"一塌糊涂的泥塘里的光彩和锋芒"。

有了《开卷》一类的报刊,在万人争考公务员、著书皆

丰一吟墨迹

为稻粱谋之时,尚有一批不识时务之徒,不计名利,义务劳作,汲取域外先进文化,传承中国传统文化,煮字炼句,在不长的文字里,不仅给读者以知识,还要给读者以阅读愉悦,真正做到了"开卷有益"。于是,我想起了一位伟人常被引用的一句话,"我们的事业并不显赫一时,却将流传后世"。

《开卷闲话》从第一辑开始,就持续地记录着全国范围内读书人、著书人的活动、交往,其中既有名满天下的学界泰斗,也有默默无闻的年轻学子,南到海角天涯,北到雪地冰天,不管相识还是陌生,都在为了中国文化而用心交流,为中国的进步读书、写作。这皇皇七卷的闲话记录了一连串进步的足迹,巨量的心血,默默的奉献。

南京一别,转眼已是四度斗转星移。我与宁文兄虽

扬之水墨迹

然不时文来信往,却一直没有重逢的机会。卧龙湖,是一个富有诗意的名字,我还无缘一游。我只有在太行山麓,遥望南天,默默地祝他珍重——为了《开卷》,也为了《开卷》的读者诸君。

翻阅《开卷闲话》,心潮涌动,匆匆写来,言不尽意,请宁文兄与大雅诸君有以教我。

二〇一二年五月二十一日夜于石门静远斋

子张序

  十年人意好，七卷书缘深。
  一点闲情在，千秋共一樽。

  上月十一日，接到宁文兄约写短序的手机短信，苦恼了差不多一个月，才在这个有点像黄梅天的闲天想到这二十个字。除了"千秋"二字似乎有些矫情外，约略可以表达我对《开卷闲话七编》的心情。而之所以"苦恼"，倒不是无话可说，只不过欲找到那最该说的几句，而不想下笔千言、废话一筐。

  《开卷》的"闲话"，到如今说了十三年，编了七部闲话集，一跨两个世纪，曾经为初创期的《开卷》留下笔迹的老寿星们，陆续凋落的可真不少，回头看看当初他们的留言，也真有恍如隔世之感。那么，这七卷闲话，岂不是已然成了一个书界闲话博物馆了?

闲话虽小道,亦可见人情、养灵性、移世风矣。

还记得某老谢世后,宁文兄忙着为其编纪念专刊,我也曾涂写几行新诗,表达心意,后来不见宁文兄刊用,或以为与整体风格不协调吧?如今我倒想借着写短序的机会,把那几行新诗句粘贴于此,算是对开头那二十个字的一点补充。

诗曰:
> 爱书人的一壶茶淡了
> 满世界的汽车尾气兀自喧腾
> 绿邮筒守着行道树
> 陌生面孔往来若流星
>
> 飞机飞,火车鸣
> 股市跌,血压升
> 北京在颁奖
> 加沙在战争
>
> 三九天
> 八点钟

爱书人的脚步声远了……

二〇一二年六月八日,子张于杭州午山

俞律序

我每收到《开卷》,便想到"开卷有益"这句成语。这个刊名起得好,吸引着天下读书人,吊吊他们的胃口。

《开卷》执行主编子聪是我的忘年交,二十多年前他是个翩翩少年,爱画中国画,时常持作品到我秦淮河畔寓所给我看,我许以有成,有时还题几句话勉之。而后来他更热衷于文学,从玉洗兄编了这本十分有益于世的小刊物。奋斗于文艺的子聪成了不要头衔的实际上的编审级的人物,可喜可贺。

我把这《开卷》好有一比,就同一张网,把天下有缘读到这本书的文化人网进来了。当然这不是"入吾彀中"。这实际上是帮助大家以文会友。

古往今来,从来都是以文会友。"有朋自远方来,不亦乐乎。"你看这位子聪,不断地收到远方的信,天南地北,飞来种种文字组成的坦诚的友谊,陶渊明有两句诗说:"相知何必旧,倾盖定前言。"大家一见如故,不断地不亦乐乎。

于是乎,《开卷闲话》日积月累,由一篇篇短信发展成洋洋洒洒的大块文章了,集合成书,便是一段文化人以文会友的历史,将来可作文化野史看的,更何况来日方长,《开卷》还要办下去,不断地办下去,越来越受文化人的欢迎,等到子聪头发白了,牙齿脱了,还在办,《开卷闲话》会越积越多,其厚度可以等身了吧!

俞律于南京明御河畔,时年八十有六

伍立杨序

"闲话"所收多是零散短章,一鳞半爪,系列短片,如今却已出到第七卷。浩浩荡荡、煌煌大哉。它是一个读书人绵远纪事的长程慢跑,放之当今书界,殊不多觏。其中记述的都属儒林记事、世说新语、艺林散叶……举凡心语、记事、一闪而过的念头,不起眼的微末小事,既有隽言、妙语,也有苦语、愁言;甚或是某种流水账,生老病苦,书事人情……林林总总,煞是好看。

有些看似不相干的记录还可触类旁通,不仅是读书人的生活史,更有时代微影的折射,世态人情的真实境况,触及到、牵动着、蒙络上时代与世道的神经、筋骨、气息、悲喜、疼痛……

《世说新语》尚有相当程度的创作成分,董宁文的

《开卷闲话》却是原生态的掬取,而其整体效应和价值,不在有创作元素的文体之下,置之某种时代背景下,社会的原生态——呈现,那种读书人的生活史,精神趣味的记录,油然浮现眼前。

"闲话"之所记录,乃属创造有价值的生活、创造一种潜在的文化价值,这样一种读书人的心曲和取向。它是文献、是心史、是人情、是世态、是思想、是人生、是艺术……即令传之久远,再来翻读、查阅,也当有"乍见翻疑梦"的意外惊喜。

记述的择取,吸收,已形成一个良性的循环,选取记述之顷,也潜藏着作者体察入微的精辟之见。种种原生态的记录,真是此中有人,呼之欲出。

在民间读书界,《开卷》文声远播,口碑载道。在这迷乱世道中,宁文是一个显眼的货真价实、如假包换的读书种子。他以民间二三同人之力,孜孜矻矻,戮力支撑,出版《开卷》十几年,当中涵盖着永不灰心、永不放手的意志力。几乎是以对于信仰的信心,择善固执,坚持到底。

《老人与海》里的主人翁,在四面的艰危中,仍勉励自己"这时我只能想一桩事,我即为此事而生。"宁文以他的心力、智慧,持久不磨的读书人的创造精神,建起文林书香小镇——《开卷闲话》,如今大有烟火蔚起、鳞次栉比的活力与规模,满含他身上深潜的读书人的使命感。敬恭文化,造福后人,宁文可谓功不唐捐。

如今的世道,读书人多的是穷愁潦倒、牵萝补屋,郊寒岛瘦,无以自存。宁文既能读书到底,也为读书环境的改善、建设付出了艰辛的努力。如今他在南京郊区建有藏书楼,藏书巨万,书香袭人,花木扶疏,绿荫匝地。这也算为读书人争了一口气。

壬辰炎夏 浮沤堂主伍立杨记于琼州客寓

后记

子　聪

《开卷闲话》在一天一天的积累中,已经出到了七编,其实要说的话大多已在闲话中了。除了八九年前出第一本《开卷闲话》时未写后记之外,以后陆续出的五本都写过简短的后记。这一本当然也照旧写几句,以期让喜欢读闲话的师友有一些有头有尾的感觉。

书前也按原来我一直说过的闲话的理念,请了五位先生写了序言,这么多的序言在一本书中出现,一般来说有点不太让人理解,但是放在这本闲话之前却并不觉得有何不妥,相信大多读者都能够会意的。至于五位作序这我是按撰写完成先后排列的,其中的俞律先生今年已

来新夏在九十华诞庆典上致答谢辞

是八六高龄的耄耋之人了,他的短序确是道出了另一番关于后生的侧面的。刘绪源、子张、伍立杨三位的序是在五月份萧山举行的来新夏九十华诞祝寿会上邀约的,在此,应该感谢来先生所赐之善缘。

最后还是想说一下,《开卷》这两年虽然遇到了不少的困难,但是在许许多多朋友的关心、支持下,还是一如既往地走下来,感谢的话不想多说,只要还能继续一步一个脚印地走下去,这就是对喜欢《开卷》的师友们的最好报答和感谢。期待着《开卷闲话》能够有出到第十编的那一天。

二〇一二年七月十六日于于南京原民国高等法院老楼之一隅

补记：按以前所出几编《开卷闲话》的惯例，每本书中都会插入一二十幅相关的书影、照片及墨迹之类的插图，这样读起来可能会更有意趣一些。比如本书二〇一一年三月二十四日那则闲话中提到的百岁老人张充和先生所题的"开卷"二字的墨迹，又如那天十余日后的四月五日的闲话中提到，化铁先生为《起点》复印件题跋留念，以及出版于上个世纪五十年代初的那本他本人在出版后都没见过的诗集《暴雷雨岸然轰轰而至》的书影等，应该都是不易见到的独家插图。另外，还有杨绛、周退密、黄裳、流沙河、来新夏、丰一吟、冯其庸、屠岸、俞律、苏位东、刘二刚、李福眠等先生为卧龙湖书院所题墨迹都是极有价值的插图。

但是不久前突发奇想，这次是否可以尝试一下不用插图，给读者留下一点想象的空间，不也是一件很有趣的事情吗？这样想了，也就这样做了，好在出版社也同意了我的意见，真的应该感谢他们给我的宽容与理解。

在此，还要对朱赢椿先生为这套书的装帧设计所付出的辛劳表示衷心的感谢。赢椿先生为了使这套书做得与第一辑有所不同,在气息上又要有所延续,硬是琢磨了将近半年之久。看来,看似并没有多少设计的设计,确实是甘苦自知。

    二〇一三年三月十一日晚于尚书楼灯下

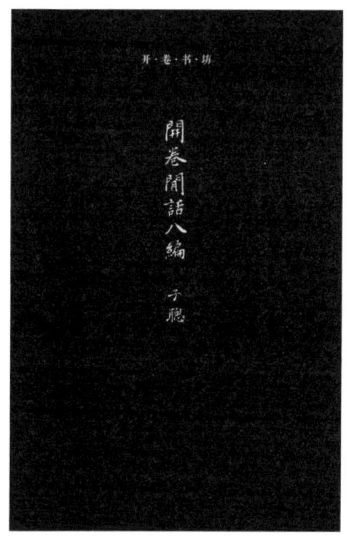

《开卷闲话八编》

(上海辞书出版社二〇一四年七月版)

陈四益序

南京有个文化圈儿。这圈儿,不是什么组织,也不是什么流派,只是一些兴味相投的文化人,以文会友,谈人说事,自娱自乐。文化,这个东西,不是什么机关发个号令要它繁荣就能繁荣的;也不是贴点钱,弄几个项目,就能成就千秋伟业的。文化需要滋养。滋养,需要环境。文化人之间无拘无束,尽兴交流,常常就是最有趣也最能催发创造力的环境。不信你关注一下,凡是几位趣味相投的文化人自发地凑在一起,谈天说地,东拉西扯,虽只有清茶一杯,却常常妙语迭出,奇思屡见。但若正襟危坐,领导致辞,依序发言,照本宣科,例行鼓掌,虽有车马费分发,还可共进午餐或晚餐,大抵,会散了,事也就过了,留不下一丝痕迹。尽管主办单位会说如何成功,有关报刊会说如何重要,其实,大家心知肚明,只是不便拆穿,为主办者保留一份面子罢了。

文化圈儿虽不是也不能靠指令成立,但也要有热心人从中联络。这热心人既要懂得文化,喜爱文化,又要有不惮烦劳、不辞辛苦的精神。董宁文君就是这样的热心人。他对文化有极浓厚的素养,又有极广泛的兴趣。他很懂得文化人的闲散和趣味,从不勉强什么人,从不指令什么人,大凡琐碎的事情,大都由他承担,只是努力为大家的交流创造一种良好的氛围。

他知道文化人的交流,能聚首交谈自是乐趣,但毕竟天各一方,聚少离多,更多的机会是得见其文,如见其人。所以他又联络同好,争取资助,办起了一个小小刊物,名曰《开卷》。这不是公开发行的刊物,也没有堂皇的封面、精美的印刷,只是一本三十二开三十来页黑白两色的小薄本子。封面《开卷》二字,是集鲁迅的。装帧与版式虽不华丽,但却极为精致,煞是可人。更为有趣的是,地无分南北,人无分长幼,都渐渐聚集到这本小小的非正式的刊物上来,足见人气颇旺。我想,这同编者能容的气度,广阔的交往大有关系。渐渐地,因着董宁文,就有了《开卷》,又因着《开卷》,逐渐形成了一个松散的但又不间断的文化圈。书来信往,人来人往,便每期有了记载这些文人文事的《开卷闲话》,捉刀的子聪便是董宁文君。这些《闲话》,日积月累,编辑成书,至今已是第八编了。

文化人自有文化人的趣味。文化人当了官,不免官趣压倒了文趣,便同文化人有了隔膜。当官而无官气的文化人不是没有,只是稀有罢了。至于本无文化或文化无多的文化官,同文化人就更难沟通了。所以,当官的大抵很少知道文化人所思所想,而痴迷于文化的文化人,也大抵很少去理会官人们的指令。

董宁文君的"闲话",所记皆是与文人、书人、编辑、教授的种种交往,或书信、或交谈,谈书、谈人、谈文事、谈书事,大多实录。看似琐碎,但却真实,套一句现在流行的词语,叫做"原生态"吧。这就为研究当代文学、当代出版,留下了一份当代文人、书人真实心态、观感、趣味、追求的珍贵史料。时间愈久,其价值愈显。

开卷有益,"闲话"不闲,开卷有益。希望《开卷》长存,《闲话》长留。

周实序

常想,今天,在中国,谁又能将这样一本只有一个印张的小刊编得如此有滋有味?没有。只有宁文。

常想,今天,在中国,谁又能把这样一本只有黑白两色的民刊办得如此多姿多彩,而且一办十多年?没有。只有宁文。

还想,他选用的这些稿子,如果投到别的刊物,也许大多不会用吧。

也许大多不会用。

太平,太淡,太随意。

结果,他用了,特色也就出来了。

还曾听人说,一个好作家如果当编辑也可以是一个好编辑,而一个好编辑若想当作家,那就难说了。

事情也许真是这样,不过也许也有例外,如果你看看《开卷闲话》。

确实,宁文就是再好再美,也不是不可替代的,但我很想说的是,他是难得的。

彭国梁序

二〇〇八年,蔡玉洗和董宁文共同主编了两本"中国最美的书":一为《凤凰台上》,一为《我的开卷》。在《我的开卷》一书中,有我的一篇《饮水思源,情系〈开卷〉》。此文将我于二〇〇〇年九月与董宁文相识与《开卷》结缘一直到二〇〇八年"《开卷》百期庆典"在南京召开前夕,说了个八九不离十。这里再简约地回顾一下:我曾经的创作是以诗和散文等文学作品为主,且当时从事的工作也是一个文学杂志的主编。是因为《开卷》杂志于二〇〇〇年九月邀请流沙河先生夫妇作"江南行",成都的龚明德特邀我与他一道陪同前往,这样,我才有机会认识了董宁文、蔡玉洗、薛冰、徐雁、王稼句、范笑我、陈子善……也是从这次开始,我才开始对"读书界"这个特殊的群体有了非常的兴趣。套用一句颇为时髦的话便是：我开始了一个华丽的转身——从文学创作转向书话和文史类的写作。也还是这一次的江南之行，让我坚定了将我的近楼打造成一个书楼的设想。一九九九年，我在长沙的捞刀河畔砌了个四层的小楼，原本安排了三楼的两间做书房，从那次"江南行"归来之后，我便将二楼的一间和整个的一楼都做成了书房。从此，近楼成了真正的书楼，我也就慢慢地成了一条十足的书虫了。

二〇〇四年三月，董宁文到了长沙。那次，他便是屈尊小住在近楼的。后来，董宁文在岳麓书社出版的《开卷闲话续编》中写道："《开卷文丛》第二辑能在第一辑出版后不到一年的时间内得以面世，不由得让我想起今年（二〇〇四年）三月初在岳麓山下、橘子洲头与彭国梁、丁双平、杨云辉诸先生的愉快晤面，也就是那次短暂美好的晤谈之中，催生了这套书的问世。"继《开卷文丛》第二辑在岳麓书社出版之后，第三辑又顺利地在湖南教育出版社出版了。值得说明的是，此时岳麓书社的社长丁双平已调到了湖南教育出版社。也就是说，第二辑和第三辑的《开卷文丛》都是因为丁双平先生的慧眼识珠与情有独钟才得以顺利出版的。因为董宁文兄不弃，将我的《书虫日记》纳入到了《开卷文丛》第三辑之中,且意外地受到了书友们的欢迎。《书虫日记》是我二〇〇五年全年的编书、写书、淘书、读书的日记。从此之后,依然是董宁文兄的厚爱,让我的《书虫日记》第二、三、四集连续地在他主持的《开卷文丛》和《开卷书坊》中出版,让我的喜怒哀乐与书虫岁月得以与众多的书友们分享。

现在全国的读书民刊已有二三十种之多吧,但从创刊号至今一本不缺的,在近楼之中,只有《开卷》。我在《饮水思源,情系〈开卷〉》中有这么一段:"《开卷》这本小小的杂志从二〇〇〇年四月创刊,已快出到一百期了。我从第一期至今,每期都认真地看,一期都没有落下过。在我的近楼之中,现存《开卷》两套,一套散装的,一套合订的。不管散装的,还是合订的,全都是董宁文先生一本一本在信封上写上姓名和地址寄过来的。我没有问过董宁文一次寄出多少本,但如果有五百的话,那这么多年来,他所写过的信封就有五六万个之多。这是多么大的工作量,这需要一种什么样的力量来支撑。"这文章是二〇〇八年写的,现在又过了五年多。《开卷》的合订本在近楼的书架上有了长长的一排。董宁文从创刊至今到底因《开卷》写了多少个信封呢?只怕他自己也算不清了。

今天是二〇一三年的最后一天了,明天便是二〇一四年。前不久,宁文兄又到了长沙,且依然屈尊地又在我的新宅双湾国际住了一晚。在我的印象中,宁文兄还是我在二〇〇〇年初次见到时一样的年轻,一样的随和,只是遇事更加地淡定,见人更加地从容了。现在,他的《开卷闲话》已出到第八编了,他要我也写上几句话。谁知我一写,就啰啰嗦嗦地写了这么多。总而言之,我和董宁文是感觉特别投缘的。投缘,几多难得。

唐吟方序

人到中年,已经过了贪读滥读的年龄,何况家里还有一大堆旧书。偶尔想看一些新知的书,便问计于此道中人。十多年来,新书出得太多太快,看书人永远赶不上写书人,于是,干脆躲进斗室,翻旧书消磨时光。我不是专业读书家,不必辛苦读书。读书不问时间,不赶时髦,不为名头,只为安顿自己的心灵。几十年来结习未改,说来奇怪,十多年前拿起董宁文编的《开卷》,一读就放不下,这样的闲书最高兴读,十几年的客子光阴就在《开卷》的一开一合中悄然过去。

固然是我和《开卷》意趣相投,闲闲读书,原没有意外的负担。吸引我的还有《开卷》上的文章。无论是读书客们的痴心还是闲情,说起来与真实生活的距离都不小,没办法就喜欢开卷文字里渗出来的那种味道。爱看老文艺家们晚年絮叨陈年旧事,人事一旦成为过去,转身变成历史,身处局外,也如历史中人,只有故事,无所谓悲喜。还爱看新旧作家们吵架,唇枪舌剑,没有情面,看似微末,却都认真投入。石涛说得好"果有此奇,不必问理。"也爱看后起写家们藉凭一星半点的文献作爬梳,把前辈们的人事弄得比当事人还清楚。有趣的是缺席比在场更有现场感,犹如北大学生敬慕的眼光,总喜欢停驻在过去学者的身上。让我不厌其烦贪看的是董宁文的《开卷闲话》,黄裳说过"金陵书事尽在掌握中。"毕竟是老作家,波澜起伏才摇一笔,就把开卷的好风光推送至无限。

老读书客走了,新读书客来了。来来去去,迎来送往,读书界的盛景慢慢抖开。开卷声中,朝晖夕阴,守候在《开卷》旁的董宁文,手抄笔记,为读书界写下一卷又一卷《日知录》。我们该向这位谦卑勤劳的拾穗人致意,是他的记录,呈现了读书界十多年来的暖风清月。

《开卷闲话八编》即将登场,我且作那喊山台上的唤春人,喊一嗓子:"读开卷闲话喽。"

是为序。

甲午二月初一于北京仰山楼头

后记

子 聪

"开卷闲话"不紧不慢地一本一本地出着,十余年下来,竟然出到了第八本,虽然先后由五家出版社分别印行,但这几年有幸在辞书社连续几年以现在这种小精装的形式出到了第三本,我想也许还会再出两本,如若这样,再过两三年,就能达到我多年前所想的到哪一年出到"十编",到那时,又将会是一种情形啊。

闲话已出的"七编",按我的设想,每一本都请几位《开卷》的老作者为其作序,谈谈他们对"闲话"的理解或者说看法,如此多年下来,居然就有了三四十篇序,对于这样一本闲书来说,确实暗合了"闲话"的旨趣。前段时间与一位编辑谈及这些序跋文字如能单独出一本《开卷闲话序跋集》,也许会做成一本很有意思、很好玩的闲书。想想也是,这些赐序的作者,年龄层次可谓包含了老中青几代,而且作者也不仅仅局限于学者,他们当中还有翻译家、诗人、出版家、编辑家、艺术家,还有杂家,确实够有意思的。说实话,我也期待着这本闲书早日面世,看看会是怎样的一种面貌。

这本是闲话的第八编,照例请了几位师友写序,周实和彭国梁两位的序是我去年底去长沙给朱健先生祝寿(九十大寿)时,与二位在一家茶社神聊时谈定的。周实先生的序写得很短,但意味深长。我的感觉周实先生好像写的是我,但其实他写的是对《开卷》的观感和期许。国梁兄文章中已将我们交往的历程做了大致的叙说,这里就不多说什么了。陈四益先生的序其实也是写了他对《开卷》及《闲话》的看法,这篇序写好没多久就在《文汇读书周报》以《南京有个文化圈》为题发表了。这篇文章刊出后,就陆续接到了赵蘅、钱小华、杨苡、吴海发、李世琦等六七位前辈及师友的电话与短信,谈的都是看了这篇文章后的感想,使我非常感动。几天后,我拨通了陈先生的手机,将那些反馈意见向陈先生报告。陈先生呵呵地笑着又交流了好一会儿。

吟方的序是最后写好的,此前曾婉转地催促过他尽快完稿。他回复让我不要催他,说只要灵感来了,很快就能写就。并说这篇序一定是要写的。读读这篇序文,倒确实也能品出一些滋味来哩。

二〇一四年元月三日下午(甲午年大年初三)记于南京城东白菜园,三月四日改定,时春光明媚,暖风荡漾。

附录

闲话《开卷闲话》

何卫东

一年多以前,当宁文他所经营的《开有益斋闲话》结集推出,名之为《开卷闲话》的时候,便试图也来几句"闲话",以表达一份欢喜和感念。于是一本正经地打出标题《子聪的"闲话"》,用几句不痛不痒的话开了头以后,竟至于让其在电脑里不生不死地躺了一年多。这一闪不打紧,宁文马不停蹄,《开卷闲话续编》(岳麓书社出版)又悄然出世。这下,可不敢再有懈怠,虽然只不过仅仅能够表达几句量微言轻的自我感受。

足有五年了,宁文的"闲话"一直静静地、牢牢地吸引着我的眼球。按说,"闲话"的话题和内核与时下所谓的眼球经济大不相宜,为何仍能拥有为数不少的"知音"?

我想,与宁文为人处事风格相一致:不浮躁、不张扬、不矫情、不作秀、不功利,细流般汇聚着文人、文事的信息,搭建起的是一种开放式的交流、沟通渠道和平台。宁文的这种努力和客观成效,乃是引人关注和喜爱的直接原因。

回到宁文的文字上来——

一直以来每每承训亦借此训人:作文当忌 A 开中药铺,B 记流水账……宁文的"闲话"似乎大犯此两忌,张三、李四,甲、乙、丙、丁,年、月、日、时,一期期铺排杂陈,却以实在的内容、恰切的容量聚集起了浓浓的人气。

事实上,文无定法,中药铺如何开,流水账怎么记,大有讲究。宁文深谙此道:其一是完全以第一手信息为据,杜绝虚假、避免夸大,建立起他稳重、真切的叙述基调。在泡沫满天、水分盈地的当下,这一基调尤其让人亲近。其二是以情融文,一条条客观地引、述,看似冷静、平淡、不加褒贬,实则通过他客观的容纳和传布,体现出的是一种关怀和尊重。其三是取舍有度。宁文是有心人,所谓轻重缓急自是把握得当、调度自如,"闲话"因此才拥有了一种独具一格的节奏和韵致。

名之为"闲话",虽是宁文的自谦,我却以为极其贴切——盖"闲话"一词大致有三个义项:一为题外的话,所谓"闲话少说,言归正传"是也;二为背后说人,如"别让人说闲话";三为闲谈,如"清夜闲话"等。除第二个义项与之一点不沾边外,另两个则是基本可以用来概括这道"闲话"的。就"闲话"本身而论,既非安邦治国之大论,亦非济世救人之良方,只能是清夜里、闲情中独自或二三友人兴之所至天南地北、古往今来地遐想或神聊的话题和内容。唯其如此,它才如此的亲切可人。

原载《中国新闻出版报》二〇〇五年六月七日

展开阅读众生相

虎 闱

由子聪著的《开卷闲话续编》前不久由岳麓书社出版。该书收入了南京的《开卷》读书月刊中自二〇〇三年至二〇〇四年间的《开有益斋闲话》专栏所有文字,作者是《开卷》的执行主编,也是位活动能力颇强的读书人。

书中记录了当今多位读书人的阅读现状以及众多读书出版物信息。因此,让人联想起嘉兴秀州书局范笑我先生将《秀州书局简讯》汇编成集的《笑我贩书》。二书相比,各有特色。范笑我记人论事较杂不琐,行文短促,子聪的叙述则相对详细,如记叙上海李福眠二〇〇三年十一月十九日来信的情况,便用了近千字的篇幅。

目前,经如此形式在民间读书刊物介绍文人文事,是颇受读书界欢迎的。虽然今日世界网络技术发达,普及面亦很广,各色信息一应俱全,但国内读书人、文化人大多仍固守阅读传统方式印制书籍的习惯,好在《开卷闲话续编》正是做到了这点。

该书收有绿原、钟叔河、李福眠等人写的五篇精彩序言,单是这个部分已足可让读者品味一阵子。况且,书中作者用第一人称轻松地谈及书人书事,其中既有信函往返,又有人来客去,还有读书会议的活动状况,更有新书出版动态,人物涉及巴金、于光远、杨绛、王世襄、华君武、邵燕祥、范用、流沙河等文化名人,还有陈子善、李福眠、彭国梁、止庵等中青年读书人,不下百位。虽然书中文字并非篇篇精到,但着实充满情感。

综观《开卷闲话续编》的特色,堪称读书范围无所不及,是一部包罗当代著书、读书、淘书、藏书现状的书,读者可作为结识当今读书人的指南,其中的掌故琐记更可成为未来读书人了解二十一世纪初中华读书界真相的第一手资料。

原载《中华读书报》二〇〇五年六月八日

有意味的闲话

淮 茗

在这个日益浮躁功利的所谓后现代社会里,在这个快餐文化普遍流行的时代文化语境中,有那么一群不合时流的文化人,轻轻松松聚在一起,安安心心地做点事情,写了一些文章,出了一批书,交了一群朋友,既没有流芳百世的雄心壮志,也没有洛阳纸贵的过分奢望。结果倒也不错:想做的事情不仅做成了,而且一直在做,既给自己留下一份宽慰,也给读者带去一份快乐。这是笔者阅读子聪先生《开卷闲话》正续编及《开卷》系列读物后的第一印象。

闲话二字正体现了子聪先生这本书的特点。这里的闲显然不是空闲之闲,因为无论是书的作者还是书中写到的人物,好像总有做不完的事情;当然更不是闲得无聊之闲,因为作者和他的朋友们多年以来所从事的各种文化活动都是有益的,有着明确目标的。闲话之闲,自然是理解成闲情雅致和闲适最好,相信这也是作者和他的朋友们所追求的。无论是闲情还是闲适,都是付诸心灵的,是一种有意味的闲,它更多地体现为一种悠然的心境,一种安然的氛围,这也可以从书中所记人物的言行中看得出来。当然,这种闲适并不是与生俱来的,它需要精心的营造,可以想见子聪先生和他的朋友们幕后的默默耕耘,他们多年以来所从事的正是这样一种以忙得闲的工作。

这是一种有意味的闲。无论是《开卷》还是《开卷文丛》,走的都是老字号路线,即基本作者以年长的文化人为主,尤其是那些不被公众关注但见识、笔墨俱佳的文化老人。作者队伍的选择透着一种别致的眼光。这些早过天命之年的作者们既无僵化体制之束缚,又免生计奔波之累,少了稻粱之谋的急切之心,不必考虑职称、评奖、核心刊物等等虚耗心火的繁杂琐事,自然可以平心静气地做些自己喜欢的事,从容不迫地说些自己想说的话。无论是读书、访友,还是怀旧,都是心急不得的,需要沉静下来,细细品尝,慢慢体会,其人其事其文,无疑会多了一份平静、从容,正所谓返璞归真。自然,返璞归真并非每位老年人都能做到的,官话、套话说得太多,说得时间过长,常常成为一种下意识动作,悲剧也罢,可笑也罢,至死不渝乃至不悟者也大有人在。好在《开卷》的作者们多无此病。没有年轻人的浪漫、冲动,没有中年人的世俗、功利,出之以平和、从容,以本真面目示人。老年人文章之耐读、行事之可观,往往在于此。那种不经意间道出的智慧、幽默和学识,闪动着人性的光彩,这是岁月的结晶。更为难得是字里行间所流露的那种悠然、闲适的良好心态。自然,这都需要岁月的积累。对普通读者来说,也许生存的压力使他们不能像老年人那样安然,但至少可以欣赏,毕竟阅历本身也是一份难得的文化财富,体现着一种别有意味的沧桑之美。子聪先生《开卷闲话》一书所记人、事、言、行,皆有可观处,单独来看,似乎有些凌乱,缺少章法,但放在一起来看,却有着一种内在的关联,营造着一种氛围,闲情、闲适,也许是理解该书两个较为核心的关键词。

不管是闲情还是闲适,都是通过闲话这种形式体现出来的。既然是《开卷闲话》,就不能是那种高头讲章式的写法,也不能旁若无人地高声吟唱。作者很注意文字表达和全书内容之间的协调,他使用了一种带有较多随意性的笔法,或摘抄,或记录,或记言,或记行,信手拈来,十分自然,让人读着轻松,看得有趣。当然,随意并不是随便,更不是流水账,记什么事,写什么人,也都是要经过一番挑选的,毕竟进入《开卷闲话》还是要有点门槛的,不是谁都有这份荣幸。作者的剪裁用心从字里行间是分明可以体会到的,但能做到不留痕迹,着实可见其文字功夫。

记得前两年范笑我先生的《笑我贩书》一书刚出版时,社会反响颇大,除书中所记录人物的言行有可注意者之外,其轻松、随意的笔调和写法也让不少读者大感兴趣:原来书也可以这样写,似乎产生了一种新文体。其实,这种文体说起来还是源远流长的,有些传统的,大凡读过《世说新语》,读过笔记野史者对这类文体并不陌生,尽管作者未必意识到这一点。只是由于人们习惯了长篇大论、滔滔不绝的高头讲章,指手画脚、气势凌人的宣传材料,对这种极具民族特色的笔记式写法才感到新鲜。不过这样也好,新鲜可以吸引注意力,可以产生趣味,不会有审美疲劳之类的担忧和副作用。在笔者看来,《开卷闲话》所说的闲话确实是一种很有意味的闲话,它以闲适、优雅的姿态为读者提供了一种生活态度,一种生活方式,至少是一种相当不错的人生参照,是否认同并不重要,关键是能否以一种欣赏的眼光来看待那些与我们存在着反差的人和事,其意义和价值也许就在此吧。现代社会日益多元,人们有着越来越多的自由空间,在不违反法律,没侵害别人权益的前提下,每个人都有自己选择生活态度、方式的权利。全力拼搏,孜孜以求,靠个人的打拼以博得事业上的成功,光宗耀祖、衣锦还乡,鲜花簇拥,掌声围绕,这固然令人敬佩羡慕;但三五好友,清茶一杯,天南地北,海吹一通,感人生之无常,发幽古之情思,做一把遗老遗少,也未尝不是一件很惬意的事情。毕竟时代在进步,文明在演进,人人带军帽、戴红袖章,见面先喊口号,一片蓝色海洋的场景早已成为历史陈迹,这些东西在今天看来颇有些喜剧意味,但在当时可是有着一把辛酸泪的,没有人愿意再回到那个像蚂蚁一样群居的时代。尽管作者没有刻意表达什么立场、原则,但闲情、闲适,这本身就是一种人生态度,有着自己独特的意义和价值,作者和他的朋友们在追求、选择的同时,也就意味着对另外一些东西的拒绝。

祝福子聪先生和他的朋友们。

原载《江海晚报》二〇〇五年六月二十二日

读书界的一份实录

王稼句

且先解题,"读书界"是个模糊群体,这里说的,比较狭窄,仅仅界乎在南京凤凰台《开卷》的读者之内;"实录"即是每期《开卷》后面的"开有益斋闲话",记录一段时间内与《开卷》搭界或不搭界的琐碎。以这种形式记录书人书事,首创者是《秀州书局简讯》,后来者有《清泉》的"畅所"、《书人》的"书人谈薮"等。范笑我君将《秀州书局简讯》选录为一本《笑我贩书》(江苏文艺版),据说它的续集也即将由河北教育出版社印出;董宁文君则将《开卷》上的"开有益斋闲话"辑成《开卷闲话》(凤凰出版社二〇〇三年十月版),最近又印出了《开卷闲话续编》(岳麓书社二〇〇五年三月版)。

拿到《开卷闲话续编》，立即将书翻了一遍。说"翻了一遍"，是因为《开卷》每期都读，内容都已知道了，我也没有将印成的书与《开卷》上的原文对读，如果对读一遍，或许会发现一些细节的不同，倒也可以看出作者的想法来。

《续编》所收二〇〇三年一月至二〇〇四年八月间的"闲话"，文章是作者的，内容则排日记事，来自多个方面，有来信的摘录，有活动的花絮，有出版的消息，有书人的行踪。不少久疏通问的熟人，身影于此一露，也就知道了他们的近况；从中也读到不少闲言碎语，如刘二刚君信手拈来几句，真令人莞尔。借着一月一份的《开卷》，断断续续知道很多消息，如今辑印成书，就将这些琐碎的消息编了起来，这好像就是看电视连续剧，相隔得太久，似乎不能连贯，索性买张碟片，一口气看了，不但省事，印象也特别清晰起来。

这"闲话"的地方，在我看来，就像是茶馆，熟悉不熟悉的人都来坐坐聊聊，聊得久了，不熟悉的也熟悉起来。有的老茶客，堂口都有固定的座位，无论阴晴雪雨从不缺席，这次居然不来，那一定是有事，或出差了，或生病了，会让其他人惦念。这种氛围在其他定期刊物里，大概也

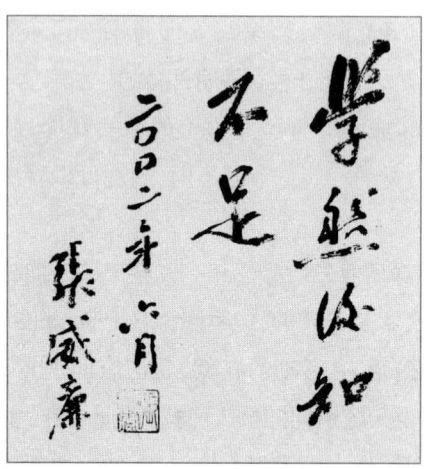

张威廉墨迹

是没有的。这里的男女老少都是奔"开卷"两字而来的,喜欢写书而不大喜欢读书的人,这里对他就没有什么吸引力,既然喜欢读书,也就并不面目可憎,故而人群虽较为单纯,彼此谈论起来却海阔天空,书是一个共同的话题,说也说不尽。既然是茶馆,这里没有门户之见,也没有贵贱之分,来的都是客,全凭嘴一张,既有名声甚大的前辈,也有初出茅庐的后生小子,他们谈的也都并不艰深,虽然其中不少是满腹经纶的教授学者,但正因为是在茶馆里,不是在讲坛上,即使是同样的事,说来总是不同的。当然,茶馆里也时而传来让人黯然的消息,曾经的茶客终于走了,再也不会来了,就在这本书记述的一年多里,黄源、公刘、吴祖光、施蛰存、王辛笛、臧克家、张岱年、牧惠、张威廉就永远不会来了。大戏落幕,人总是要走的,只是茶客们不太愿意承认这个事实,总希望他们又笑呵呵地走进门来。

既然《续编》是这样一本书,它除了提供给读者书人书事的消息之外,也留下一份可以珍藏的文坛史料,但"文坛"两字似乎太重,说它是当代读书界的一份实录,总是不错的。

原载《文汇读书周报》二〇〇五年七月八日

有关《开卷闲话》的"闲话"

秋 禾

春去秋来,寒往暑至,太平时光真如白驹过隙。未容屈指细数,由江苏凤凰台饭店凤凰读书俱乐部主办的《开卷》杂志,已经马不停蹄地走过了将近四年的光阴。

四年来,《开卷》同人把初始创意的根苗,移植到了丰沃的江南文化土壤之中。一期接着一期地培土浇水,从整枝剪叶,到扶正固本,终于把它们育成了一片青青小林,同步装点着与时俱进的新世纪中国文坛。

至今已印行四十期的杂志,已是我国新世纪刊林里不可忽视的一片新绿。如今以杂志的元老作者为作者、创刊群体为主要编委的《开卷文丛》又问世了——

由刊到书,假如说《开卷》杂志是"金陵书友部落"成形和成长的计程器的话,那么首辑十种的《开卷文丛》,无疑是这个部落成型和成熟的一个重要里程碑了。

这又是怎样的一个"部落"呵!作家、教授、学人的组合固然是其题中应有之义,博士、硕士、学士也是应有尽有、品色全齐,不过其中至尊至贵的,还数以书会友的人文纽带和以友辅仁的善良氛围。是纽带,必然可以联结到海内外文朋书友的心灵;是氛围,必然能够凝聚起一切仁人志士的心智。于是从远方,隐约飘来了这样的一段话音(二〇〇一年八月十五日):

"到南京去?那你要住凤凰台饭店。"朋友告诉我。

"为什么?"

"住进去,你就知道了!"他补充说:"那是一道风景。"

我就这样找到而且住进了凤凰台饭店,并且果真看到了,享受了这道"风景"。

那么,这道南京乃至江南的"风景"是什么呢?随后南下入住了凤凰台饭店的《市场瞭望》杂志记者高永和先生,后来用五个整版的篇幅,详尽地向公众描述了这道"风景"——《行至凤凰台,文化扑面来》。

凤凰台的"文化",原来是一种以"书与人"为主旨的企业文化,一种以六朝古都的金陵为依托的都市文化。它亦雅亦俗,亦传统亦时尚,是真正雅俗共济在一堂了的文化。

《开卷文丛》(凤凰出版社二〇〇三年十月版)的人文基础是每月一刊的《开卷》,《开卷》杂志的新标杆是《开卷文丛》。

领跑之作《开卷闲话》姑且不论,让我们打开《开卷文丛》,从印在丛书后勒口上的书目看起吧。那么,你有没有看到尽管步履蹒跚,可是精神特别矍铄的一个当代中国文化老人的队列呢?

——诗人王辛笛带着他的《梦馀随笔》从上海西来;出版家范用和作家绿原带着他的《泥土脚印》和《再谈幽默》由北京南下;学者朱健带着他的《碎红偶拾》从长沙东塘潇园中杖策北上,左右同行的是儒雅的钟叔河和厚道的朱正,他们也都没有空着手,分别带着《偶然集》和《门外诗话》;还有更有趣的一景是,白发的流沙河先生和他的红妆夫人吴茂华女士,各自带着《书鱼知小》和《明窗亮话》,也从成都联袂东行而来了!

东西南北书林文坛先辈们的目的地,殊途同归于古称"金陵"的南京。是扬子江畔的那个江城南京,是南京的那条湖南路,是湖南路中途与云南北路接口处的那个可观玄武湖之光、可览紫金山之色的高耸着的凤凰台饭店。凤凰台饭店的楼额上,除了金碧辉煌的凤凰徽标外,还有这样五个斯文的大字:"文化凤凰台"。于是,金陵凤凰台群贤毕至。

"文化凤凰台"开创了"凤凰台文化"。

台上五楼有"凤凰台文化娱乐中心";"文化娱乐中心"有六朝松茶艺园,有小莱坞影院,有英语沙龙,有手谈室,有网吧,更有为海内外文化人关心瞩目的凤凰读书俱乐部——藏书数千册的"开有益斋"。

"开有益斋"两室一厅,百来平方米。厅内一字式地排开着"鼎堂"(郭沫若号)、"三松堂"(冯友兰号)、"耕堂"(孙犁号)和"选堂"(饶宗颐号)等五个读书单间。先辈仪型,后来者无心不向往之,于是金陵凤凰台少长咸集。

"香稻啄余鹦鹉粒,碧梧栖老凤凰枝。"(杜甫《秋兴》之八)就这样,在"文化凤凰台"的旗帜下,集结了南京最爱书的一群。这一群,又团结了各省、各市、各县也爱书的一群群。"金陵书友部落"于是外延为"中国书香族群",一个爱书人乃至爱书家的部落。

有白发苍苍的前辈曾经在夜间突临凤凰台。他是北方一座知名学府的名教授,中国的图书馆学家和编辑出版家,也是素为当代学林关注的一位文史随笔作家。他在开有益斋会晤了以往熟知的和现场新识的书友。他们都比他年轻,比他小,但是也同他一样执着地钟爱书、钟爱作文、钟爱做学问。这给他留下了相当深刻的印象,一年多以后他还记忆犹新:

> 近年来,在六朝金粉之地,竟然有一批说老不老、说小不小的读书人聚到一起,组织了一个"凤凰读书俱乐部",又出了一份小刊物《开卷》。真是上帝仁慈,这些人赶上了好时候,要是倒回二十多年,只要有某小人稍微撇一下嘴角,"凤凰读书俱乐部"就可定为"裴多菲俱乐部",《开卷》无疑也是非法刊物,诸位读书人也就吃不了兜着走。而今好了,诸位时不时地聚坐在高处不胜寒的俱乐部里,品茗高谈,阔论书与人。融融陶陶,忘却世间烦扰,令人艳羡!《开卷》的确是份好刊物,没有烟火气,没有铜臭味,只是一群痴人在说梦……

生姜毕竟是"老的"辣。前辈阅历丰富、目光犀利,所批所评的是啊。这群"痴人"的确非同寻常,因为他们不仅是自己发了"痴"的人,而且要命的是,差不多还是那种见人便说"梦"的"书痴"。

——这一群"痴人"呵,不仅坚信"开卷有益",而且还"不信书香唤不回";他们不但信奉"贫者因书而富"的人生进取之途,更恪守"富者因书而贵"的人生价值观;他们不仅自己认同"读书好,读好书,好读书"的理念,而且还讲究"好书共欣赏,疑义相与析"的法则,更乐意与人,无论是相识的还是陌生的人,一起来分享阅读的乐处——

原来这是有了"读书的快感"就要"喊"的一群!

那大呼小叫的"扩音器",便是天然妆,淡淡样,有着传统上"汉家姑娘"风韵的,刊名集了鲁迅手迹的,往往只有一个印张连同封皮、封底在内仅薄薄三十二页的,大三十二开本的《开卷》小杂志!

"小杂志"(Little Magazine),这可不是一个或大或小、可有可无的称呼!

适才顺手翻到此次《开卷文丛》中的另一部书,上海老诗人王辛笛的新文集《梦徐随笔》,其中就有《杂志与新精神》一文。他说一九四六年冬天,曾经在北平书肆中

遇到了美国普林斯顿大学出版社出版的《小杂志史论及其分年编目》一书,"检读之下,如遇故人":

> 什么是"小杂志"?我们一定对"杂志"之上冠以"小"字觉得有些不解。书中的定义:大凡以刊载不为商业兴趣刊物所收的艺术作品为主旨的,皆可称为"小杂志"。"小杂志"一词在第一次世界大战时开始流行,其意并非指杂志式样之大小,或其文章内容,亦非指他们不给撰稿人稿费而言。"小"之一义乃指一部分优秀知识分子的编者和读者,他们不大关心于杂志的赚钱与否,而专心一致地忠实于他们自己认为对的理想。

贤哉,"小杂志"!《小杂志史论及其分年编目》的作者们,总结了英美二十世纪上半叶六百余家"小杂志"的特点之后,指出了具有共性的三点(见该书第三十一页)。不过那三点作为学理上的结论,对应的是英、美国家的刊情,它们与半个世纪后中国南京的这份"小杂志"——《开卷》,还是在同中有所异的。亦贤哉,《开卷》——"小杂志"!

有关《开卷》,真是欲说还休,在下还是不再啰嗦,让我们言归正传,来浏览子聪的《开卷闲话》(凤凰出版社二〇〇三年十月版)吧。本书依次编为二〇〇〇年、二〇〇一年、二〇〇二年三卷,全书不足十五万字。知道底细的人都说,它不过是《开卷》杂志上每期倒数登载的《开有益斋闲话》的文选本而已。然而,这《开卷闲话》的十五万字可不寻常,其中每一个字几乎都值得爱书的人去细细咀嚼。

天津的来新夏先生大概是最早品出其中韵味的学界前辈之一。二〇〇二年初冬,在其南开大学书房"邃谷"中,他欣然命笔为《开卷闲话》作序时,心中的褒扬之语如同爆米花一般接二连三地"爆"了出来:

《开卷》有名家名篇,也有不熟悉书友的用心之作,但都是实实在在的好文章,没有学究气,没有八股气,没有口号,没有说教,文笔自由洒脱,多性情中语。让人爱看、喜欢看,特别是书尾连载的《开有益斋闲话》更是我每期必读之篇。

几乎与此同时,北京的舒芜先生也认为其中的滋味不坏。他于二〇〇二年秋写道:

"文革"之后,举国兴起读书热,在报刊上有明显反映……《开卷》杂志出世最晚,别出蹊径,以朴素清新的小刊,遥嗣《语丝》的风调,成长至今。可持续发展之势已定。还拓展开去,要出《开卷文丛》,其中有

《开卷闲话》一种。这本来是《开卷》每期的编后记,写得很有"开卷"之气,为读者所爱,现在合出一集,当更受欢迎。

提起了《开卷》和《开有益斋闲话》的话头,先生们的表扬语似乎都关不上闸门了。年事已高的江苏老作家章品镇先生在《开卷闲话》的后记中说:

> 《开卷》是本小刊物,其中却有个和谐的"国中之国":《开有益斋闲话》,所占比重不小。开始,我没有看,后来看了,还看出味道来了。因为它似乎也使我有一种热闹又亲切的大家庭的感觉……《开有益斋闲话》是个微型的讲坛,它在作者、编者以外辟出地盘,也让读者来发言,使前者能从实际出发为后者服务。

人到中年时节,在百忙中曾经多次作客金陵凤凰台的上海学者陈子善兄说:

> 在《开卷》的文章中,最吸引我的是《开有益斋闲话》。这不只因为"闲话"作者是我的朋友,更因为"闲话"信息量大,历史、现实、人文、学术,无所不谈,无所不包。不但南京当地的文坛活动在"闲话"中有充分的反映,北京、上海乃至全国各地的出版动

态、作家行踪,"闲话"也常有披露。我每次拿到《开卷》,总要先把"闲话"快读一遍,原因也在于此。

北京学人止庵先生,也试图如舒芜先生那样为此寻"根"觅"宗":

> 我读《开卷》的乐趣之一,在于每期的《开有益斋闲话》。此种资讯曾在旧杂志上见过,譬如家藏一九五〇年印行的《大众诗歌》,即有类似栏目。《闲话》则主要由两部分组成,一是作为《开卷》主办者的读书俱乐部的活动记载,一是各地文人和读者的来信摘录。前者连续起来看,呈现一个过程;后者则不妨视为其在一定范围内引起的反应。所有这些,统可以热心文化或即以文化概括之……

其实,《开卷》同人既开颜笑纳来自学界、来自文坛、来自书林的一切褒扬,更虚怀接受任何热心读者和忠实作者的批评。这从编者选辑该栏目的文章编纂为《开卷闲话》一书时,对于各种批评意见的基本保留上可以看出。

谓予不信,请读二〇〇二年元月五日的这一段:

> 署名"一个极爱《开卷》的人"再次致信本刊:"从十二期《开卷》看来,给您的信是收到了。不知

另一封给徐雁老师的收到否?第九期后错谬明显减少,第十二期硬伤不算多……"。本刊多次收到这位热心书友的来信,衷心地感谢他对刊物的关心和爱护。在此,我们想请这位书友在方便的时候来书吧坐坐,喝喝茶、翻翻书、聊聊天。

遗憾的是,《开卷》同人却至今仍没有获得同这位"极爱《开卷》的人"同座喝茶或者翻书聊天的机会,这位潜在金陵人海中的书友一直"大隐于市",未来赏光。一份有生命力的杂志,在它编刊的过程中,总是会遗留下无数或真或幻、时隐时现的"谜"。那么,就让这位极爱《开卷》的"谜"一般的人士,永远珍藏在同人们的脑海之中吧。

说东说西,话长话短,其实一言以蔽之,这部篇幅只有二百一十六页、价格只有十四元零五角的《开卷闲话》,其实不过是这样一部"以书会友"的书:

它是一卷"宣言书",宣示了"金陵书友部落"多年来的人文诉求;它是一卷"起居注",记录了学界、文坛、书林、画苑在跨入新世纪以来的所作所息;它还是一卷"随笔集",抒写了文人学士们秘藏心田的笔墨掌故、艺林花絮,还有往日的情愫和友情的追思;它更是一部文坛的大日记、学界的备忘录、书林的白皮书、画苑的写真集,它记录着一切客观的事相、主观的感悟,它传播着任何真实的资讯、真诚的心言,它既品评书林的青涩,又尝试画苑的芬芳……

它的作者和它的读者是融为一体的,两者的终极关怀应该都在于营造一个书林世界,追求一种书香氛围,建设一座保持着人的独立品性、纯洁品格和高雅品行的精神家园。那个园子书卷馥郁气味醇正,鸿儒谈笑清夜无尘。

先贤说:"爱好书吧——这是人类进步的阶梯!"先哲说:"人,是会思想的芦苇。"那就不要问我从哪里来了吧,我的故土就在书乡:开卷,开卷,开卷寻乐处,思想永无疆。

——这是《开卷闲话》一书的所有人文空间,也是迄今为止,以《开卷》杂志同人为核心的"金陵书友部落"的全部精神追求。

"机关"既已道破,那么有关《开卷闲话》的"闲话",我也就欲说无言了。

二〇〇三年十一月二十七日晚于金陵江淮雁斋

原载《中国编辑》二〇〇五年第五期

《开卷》和《开卷闲话》

子 张

《开卷》是我见过的最朴素又最精致的平民刊物。四年前我成为它的读者和作者,这让我感觉特别开心。

喜欢《开卷》,首先是喜欢它那种泉水般的清冽和甘醇,那种不施脂粉天然俏的平民风格。我这么说,当然并不意味着自己只认可这种风格。实际上,大多数人的欣赏趣味我相信都是富丽多姿的,因为一切风格的美都是美,都有其无可替代的价值。我这样说,只是表明《开卷》的美是独特的,又是以素雅大气展示自己的独特性的。在这个多少有点过于贵族化、过于奢侈、过于注重装饰的时代,杂志世界同样是以视觉冲击力为第一卖点,争奇斗艳在所难免。自然,不同杂志有不同的读者定位,总体风格当然要依据读者的消费心理设计。即便是读书类杂志,属于老牌的《读书》《博览群书》,属于新秀的《书屋》和上海的《书城》,面目也各有不同。我不知道当初《开卷》是如何给自己定位的,但仅就效果而言,我认为它是别致的、有魅力的,因而是成功的。它似乎完全没有销售、利润方面的用心,只是及时地向读者传递着它那淳朴到极点而又典雅到极点的信息。

喜欢《开卷》,当然更主要是因为其内容的亲切、隽永、有味。《开卷》从一开始,就拥有一批"国宝"级的作者,他们的名字或在演艺界,或在文学界,或在学术界,都是响当当、亮闪闪,而又淡出功名利禄是非之地,全无升迁奖惩盈亏之虞。只缘"人书俱老",方才炉火纯青,率性把笔,任意而谈,叩心扉则从容有致,析时事则鞭辟入里,钩沉、考释亦可曲径通幽。似乎大有鲁迅时代《语丝》文体或林语堂时代小品文的味道。至少在我,黄宗江、流沙河、吴小如的随笔,邵燕祥的打油诗,实在是喜欢的不得了。可喜的还有,《开卷》虽然高朋满座,却并不效梁山泊那样以资格辈分"排座次",而是大腕新手一律平等,谁举手谁发言,毫无官场习气。我说《开卷》是平民化的,大约正是缘于此点。

喜欢《开卷》,也喜欢它那种民间作坊式的编刊风格。这本小小"月刊",所有权属于凤凰台饭店,然其实际编者,据说只有董宁文一人。一人只手(宁文还有自己的工作)办《开卷》,这真有点"回归新文学传统"的意思了。试想若干年来,国内报刊体制早已习惯于"大一统"的模式,名誉主编、主编、副主编、编委,前呼后拥,"集体负责",大处敏感,小处茫然,刊物的"个性"何以鲜活?而《开卷》从联络作者、读者,审读、编辑稿件,到邮寄样刊、稿酬,全是宁文先生一人打理,其忙碌程度可想而知。

喜欢《开卷》,还尤为喜欢每期杂志后面的"开有益斋闲话",有读者称之为"戏台后头的事情",真是贴切之至。编读往来,总会有不少精神的对话,就像后台导演和演员说戏,戏外演员和观众交流,可惜几乎所有的报刊都完全忽视了这些精神对白,偶尔有点"读者来信",似乎也是精心选择的结果,读者真正的心声究竟如何,反而成了一笔糊涂账。"开有益斋闲话"后来成了《开卷》的亮点,作者正文之外的交待,编者穿针引线的苦心,读者七嘴八舌的参与,都在这里留了底稿,算是最原始的作、编、读心理档案。接着,"开有益斋闲话"独立编辑成书,两年一册,在书店里也十分抢手。读者有眼,大概也正是看中了

《开卷》创刊号书影

它的"七嘴八舌"或者类似于"我也到此一游"的"闲话"性质吧?

我和《开卷》结缘已有四年,但直到今年春天,才见到了来杭州开会的编者宁文先生。淳厚朴实,文质彬彬,谈吐清雅而爽然。说到《开卷》的将来,他似乎胸有成竹,有做不完的事要去做。

事实上,借用一个流行的词汇,《开卷》"同仁"(或只有宁文一人?)在《开卷闲话》之外,果然已成功地"运作"出两辑《开卷文丛》,推出了辛笛、朱正、朱健、钟叔河、绿原、舒芜、流沙河、吕剑、龚明德、黄裳等十数位名家的随笔集,现又在陆续编辑《我的书房》、《我的书缘》、《我的笔名》系列……看来,从杂志到丛书,或者将来再加上出版机构,《开卷》大有演变为"一条龙"的趋势。

末了,令我多少觉得有点遗憾的,就是没有看到《开卷》创刊号,不用说,也就没有成为创刊号的作者,失却了一份难得的"荣誉"。

一笑。

二〇〇六年五月四日朝晖楼后记

"豁然开朗,簇生卷耳"

徐 鲁

读书杂志《开卷》创刊五周年、出满六十期的时候,睿智的谷林先生用嵌字格式为之题词:"豁然开朗,簇生卷耳"。前一句用了陶渊明描写桃花源的话,"初极狭,才通人,复行数十步,豁然开朗";后一句借用"卷耳"这种在《诗经》里就被吟咏过的、具有清热解毒功能的古老植物,带出一个"卷"字。"簇生"即丛生的意思,含有蓬勃之意,想必还暗喻了一辑又一辑的《开卷文丛》。

我觉得这八个字用得真好,也很美,当时就写了一封短信给《开卷》和《开卷文丛》的编辑者子聪(即董宁文),信上说:"切边、毛边《开卷》均收到。从薛冰先生的纪念文章里,得见《开卷》同人的文化情怀与编辑风谊,殊可钦

> 豁然开朗
> 簌生卷耳
> 为开卷出版六十期题
> 谷林拜贺

谷林墨迹

佩。第三期《开卷》题词中,谷林先生、流沙河先生的不仅文美,字亦脱俗,可爱可赏。"承子聪君不弃,把这段短信录进了他的《开卷闲话三编》里,真是"与有荣焉"。

《开卷闲话三编》承接着"初编"和"续编",收录的是二〇〇四年七月至二〇〇五年十二月间刊发在《开卷》上的"闲话"文字。像前面的两册一样,这些带有编辑日志和来往信件摘录性质的文字,越来越引起了一些爱书人和读书人的兴趣,乃至追捧。因为这里是一个很好的"信息源",从这里可以知道,黄裳先生最近如何如何,谷林先生最近如何如何,黄宗江、文洁若、吕剑、姜德明、董桥、陈子善……最近如何如何。大凡这类书人书事,都是热爱

《开卷》的读者所喜闻乐见的。这也是"开卷闲话"之所以能源源不断地写下去的最根本原因和主要"动力支持"。每一期的"开卷闲话"好比是一个信息可靠的"广播站",子聪就是站长兼广播员。

我个人之所以也很喜欢看这些"闲话",除了上述原因,还因为,从这里能时常领略到一些在当今几乎无从领略到的"尺牍之美"。

"……打字既成,循览一过,则见岁月如流,人事层出……岁时令节有诗,欢愉疾苦有诗,朋好酬答有诗,出游览胜有诗。抒情记事,靡不历历在目。""……常想为《开卷》写些小文,无奈事忙乞昕,提笔来而不往,常怀惴惴。春寒料峭,贱体粗安是舒。"(周退密)

"……弟何幸承诸兄厚爱,但坐观其成,迟早概无牵悬,而精力确是衰退,难期振作,读书亦觉倦怠也。草草奉答,敬颂时绥。此间昨夕得雨,而顷间已过午后四时,犹未止歇,气候虽见转凉,然颇不适意,小柬恐须迟至明日投邮也。"(谷林)

"……第八期很好,文洁若、黄裳,真好。老友子善那篇也纪实。这些短文都隽永……你们那里能文能字的人多极了,我只是欣赏,不敢动笔了。"(董桥)

似这等温文尔雅的尺牍文字和情调,如今哪里还有呢!它们大多是出自一些文化老人的笔下。而经常在《开卷》上露面的中年一代读书人里头,李福眠、王稼句二位的书信写得最是讲究。

例如,"猴年十二月三十一日清晨,暖冬之海上,冰天雪地。……去年今日,京鲁宁沪书虫……应姑苏听橹小筑主人王稼句之邀,雅集古吴,品阅文化沧浪丛书。轻舟远逝,逐浪一年矣。"又如,"……今日溽暑依然,蝉鸣嘹亮。北窗榴花,红艳耀眼。午饭冷粥,咸菜毛豆。凉润乘兴,检出拙集二版一册涂贻。枯毫残渖,未知能充塞芷兰斋否?"(李福眠)

《开卷》的作者以文化老人居多。《开卷》是许多差不多已成"广陵散"的文化老人,在"最后的日子里"前来负暄散步的"小公园"。因此,每年的"开卷闲话"里,总会录下一些远去的老人的身影与生平,以为默哀和怀念。在二〇〇四和二〇〇五年里,先后又有杜宣、梅志、陈原、王朝闻、冯亦代、宋原放、陆文夫、严文井、梅绍武、吴藕汀、巴金、叶子铭、吕同六等默默远去了。其中有的年纪并不大,如翻译家梅绍武、吕同六,真是让人痛惜。子聪君和《开卷》是在默默地做着许多老年人的文化关怀的事情。

董桥先生评价《开卷》上的文字,大都"隽永","好就好在读起来不吃力,读后又回味无穷"。我觉得,子聪的"开卷闲话"也是如此。

使我犹感荣幸的是,本编"闲话"里,也录入了我的几次简短的通信。除了前面说到的那则,还有两三则,当时虽然是信手写下,现在意外重逢,却倍感亲切,而且也还有那么一点评说"闲话"的意思,兹摘录一二句存念:

二〇〇五年一月二十四日的一则:"久未联系,但每月有开卷之乐,心存感激。……南京的书香令人向往,相比之下,武汉的文化风气竟比喜马拉雅山巅的空气还要稀薄。"同年五月十二日的一则:"……这些'闲话'本来都从每期《开卷》上拜读过的,现在集中起来再看,仍有新鲜感,其中的信息量和情趣,可谓常读常新。但因边读边裁(毛边本),颇为费劲,可见弟非忠诚的'毛边党'人。"

原载《教师信息报》二〇〇七年八月十八日

董宁文回忆《开卷》十年：
读书闲话中不被世风左右

李怀宇

一九九九年底,南京凤凰台饭店总经理蔡玉洗和薛冰、徐雁、董宁文等朋友常常聚会,筹划办一份读书俱乐部的内部刊物《开卷》。二〇〇〇年一月十六日,他们在凤凰台饭店的书吧举行了首次正式的筹备会。书吧定名为"开有益斋",沿用清代金陵藏书家朱绪曾的斋号。《开卷》的刊名,则从"开卷有益"而来。四月中旬,《开卷》创刊号问世,董宁文任执行主编。

《开卷》汇聚了许多国内著名的文化老人,范用、黄宗江、丁聪、于光远、黄永厚、季羡林、吕恩对董宁文帮助尤大。他每次去北京,总要拜望这几位老人。多年前,范用就带着董宁文拜访王世襄、叶至善等。之后,董宁文与王世襄保持着长时间的交往,这几年所编的"我的"系列的几本书都由王世襄题写书名。前几年,在董宁文编《开卷文丛》第三辑时,叶至善还专编了一本随笔集《为了纪念》支持,为丛书增添了分量。叶至善去世后,董宁文与他的女儿叶小沫一直保持友谊。

黄宗江曾鼓励董宁文尽量多地拜访文化大家。有一次,在黄家闲聊时,黄宗江突然问董宁文:"是否去看过丁聪?"董说:"至今无缘拜见。"黄当即就说:"你现在就去他家,一刻也不要停留。"董即遵命打车去了紫竹院的丁家。叩开丁家大门,董宁文说明是由黄宗江介绍来拜访丁聪,丁聪的太太沈峻快人快语:"小丁不在家,出去了!""据我所知,你是丁聪先生的家长,他的行动都会由你安排。他一般不会一个人出去的。"董宁文当时也不知哪来的勇气回应,"丁先生真的不在家的话,我可否看看丁先生的书房?"沈峻无奈地说:"那就请进吧。"董宁文刚刚进到书房,但见丁聪正好从里屋出来,便随口说道:"这不是丁先生吗?"沈峻随即说:"实在抱歉,找小丁的人太多,我只能挡驾了。"在书房落座后,董宁文与丁聪相谈甚欢,但具体说了些什么,现在已记不得了。再后来,每次去北京,只要时间允许,董宁文总能与丁聪和沈峻夫妇相聚。

董宁文漫像　丁聪作

荣幸的是,丁聪还为董宁文画过一张漫画像。现在,丁聪先生不在了,董宁文与沈峻还一直保持联系。沈峻曾给董宁文写过一封信:代表已在仙国的小丁向董宁文长期以来给他们寄赠《开卷》表示感谢。

董宁文第一次去拜访绿原先生时,老人年事已高,身体也不太好,董宁文差点吃了闭门羹。在此前,董宁文与绿原已有数年书信往还,绿原还曾多次赐稿支持《开卷》。因此,当绿原的女儿刘若琴委婉地拒绝拜访请求时,董宁文随即有意提高嗓门说:"请你和绿原先生通报一声,我是从南京专程来拜访绿原先生的,如果报上了我的名字,绿原先生不知道我是谁,我就回去。"话音未落,就听到屋里的绿原先生大声说:"请他进来,我知道他的。"

有一年,董宁文在北京组稿,曾给绿原打电话,准备当天下午去拜访,绿原显得很高兴,并请董宁文去他家吃晚饭。后来,由于董宁文办其他事耽误了时间,待天黑后赶到时,他们一家已吃过晚饭。当董宁文表示歉意时,绿原笑着说没事,并执意将董宁文领到他家附近的一家餐馆,点了好几个菜,绿原和老伴、女儿三人坐在桌边看着董宁文狼吞虎咽。董宁文说,直到今天,一想到那晚的情景,还是有很温暖的感觉涌上心头。

《开卷》创刊两周年前后,逐步形成了自己的特色,董宁文想:何不将《开卷》知名作者的文章结集推出?这样更有意义,于是便定下了《开卷文丛》这个丛书名。《开卷文丛》第一辑作者阵容强大,计有王辛笛、范用、流沙河、钟叔河、朱正、朱健、绿原、舒芜等。出到第三辑后,一个偶然的机会,董宁文与南京师范大学出版社的丁亚芳、王欲祥达成了默契,与徐雁联袂在二〇〇八年策划了《开卷读书文丛》,收入了白桦的《不再重现的图画》、章品镇的《书缘未了》、韩沪麟的《朋友家的屋顶》、瞿光辉的《美丽的旧书》等六本书;之后还继续编辑了由《野坡散记》

《书缘未了》书影

(朱健)、《读书生活散札》(赵萝蕤)、《吕剑诗文别集》(吕剑)、《谷林书简》(谷林)、《秋禾行旅记》(徐雁)和董宁文的《开卷闲话五编》六本书组成的《凤凰读书文丛》。二〇一〇年春天,董宁文又想尝试将"开卷"系列文丛做出一套小精装,二〇一一年八月的上海书展上,一套八本精美的小精装《开卷书坊》悄然亮相。

时代周报:《开卷》选稿的标准是什么?用稿中有什么印象深刻的故事?

董宁文:这本小刊物所载大都是文史类的文章,史料性、知识性、可读性是其基本面貌,《开卷》的作者基本都是读书人,刊物也就天生具有了书卷气。在选稿时,我不太愿意用锋芒毕露或者太有刺的文章,但是如果是对《开卷》进行批评或者提出不同意见的文章,我总是照登不误,这样不至于在刊物上总是一个声音。记得七八年前,有一位熟识的知名学者写了一篇比较有刺的文章指明要刊登在《开卷》上,因为他知道他文章中所刻意批评的一位名家是能读到的。我们当时的编委会对这篇文章很重视,大家商量后决定不宜刊出。这位作者非常有意见,还托人多次催促,最终还是未刊。那位先生后来对我们非常有意见,至今都未释怀。

时代周报:为什么会写起"开卷闲话"?这种笔法有没有受到什么人的影响?

董宁文:在《开卷》第二期时开始设了这个专栏,当时只是想到如实记录一些书人书事,至于这种笔记体或者日记体的渊源和特色并没有太多考虑。起先的十余期"开卷闲话"里面有不少是众编委的集体创作,也就是徐雁、薛冰、徐雁平等人想到就写的一段段文字,后来逐渐就由我一人操刀了。

时代周报:前人有"世说新语"或明清小品的风格,今人则写博客体,你的"开卷闲话"与这些有什么异同?

董宁文:"开卷闲话"中肯定有传统的气息和笔法在里面,但又是与这些有所区别的。至于目前流行的博客体文字,我觉得就更不像了。闲话融入了书信、谈话、见闻、考证、辨析以及电话、网信等形式的文体和文字风格,总之都是原生态的文字,绝少刻意和做作,所以读起来会比较轻松,但轻松之中往往也包含了深厚的底蕴,不经意间也许能使人得到不少的收益。

时代周报:"开卷闲话"事无巨细地记录了文坛趣事,你为什么如此有心地记录?

董宁文:"开卷闲话"看起来事无巨细,其实是有所选择的,我的重点落在这些信息有益于文化传承即采用,至于八卦、讥讽或暗藏玄机的东西一般不会写入。但闲话中是有一些伏笔在里面的,能看明白的自然能会心一笑,看不明白也无伤大雅。此外,每一条闲话似乎都有一根线牵引着,如果几年的闲话看下来,肯定能看出关联或妙处来。

时代周报:你在写"开卷闲话"时,与笔下的文化人有什么互动?有没有人专门写信给你,以期收入"开卷闲话"之中?

董宁文:"开卷闲话"中的互动确实有不少,比如朱健先生在闲话中就与几十年前的朋友何锺辛再次相见,并且有了不少温暖的回忆;李君维曾在《结缘〈开卷〉三故事》中谈及他与翻译家李文俊先生的结识、学者余斌先生的神交到晤面,以及一位半个世纪前他的读者与他联系上等都是通过《开卷》而促成的,这些故事在闲话中都有痕迹可寻。

确实有不少朋友专门给我写信,有的就明确说让我将他的信收入到闲话中。每次"开卷闲话"新编出版后,都会给我写信表示他的事或信被收入进闲话而表示荣幸等的话语。所以你从闲话中感觉到了这种情况,不过我一般是不会随意将无意思的东西放进闲话中去的。

时代周报:你编辑的《大家文库》收了流沙河、杨宪益、黄裳、王元化、吴祖光几位大家的文集,是什么样的机缘?

董宁文:这几本书是因青岛良友书坊的臧杰和薛原两位先生之邀所编,与杨宪益、王元化、吴祖光、黄裳、流沙河诸老都有或深或浅的长期交往,而且都有多次面聆受益之缘。我与杨宪益的妹妹杨苡交往较多,因杨苡与

《去日苦多》书影

我同在南京,故时常有机会请益。杨宪益的《去日苦多》这本书从收集文稿,到编辑足足花了一两年的时间。稿子编好后,曾与近九十高龄的杨苡去北京后海的小金丝胡同与杨宪益先生推敲、确定该书所收文章的篇目,并作了相应的取舍。这本书印出后,杨宪益在病床上看到了样书,感觉非常满意。那时,杨宪益先生已走到了生命的最后时刻,他将这本书分送给医院的医生、护士和前来探望的友人,给老人在弥留之际增添了些许安慰。

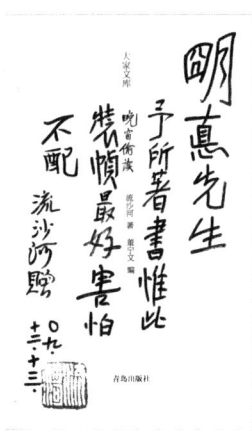 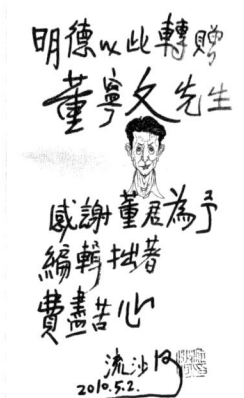

流沙河题签墨迹

流沙河先生在看到印制和装帧都很精美的《夜窗偷读》后也很满意,他在题赠给友人龚明德的这本书的扉页上写下"予所著书惟此装帧最好害怕不配",后来龚明德先生将这本书转赠给我,说这是流沙河先生对我编辑工作的一种鼓励。

时代周报:你编辑的"我的"系列丛书,以"书房"、"书缘"、"笔名"、"闲章"为切入点,为什么会有这样的创意?

董宁文:《开卷》创刊三周年前,我想做一期专刊纪念一下,因在两周年的时候,我就请了几十位作者给刊物写了一些寄语或者题词,那么到了第三年也就不要再重复了,于是就想到了书房这个话题。我当时就想,对于每一个读书人来说,书房无疑在其生活中有着不同寻常的意义,应该是一个好说也想说的事。书房的故事因人而异,这里面确实有故事的。待约稿信发出后不久,五六十篇稿子就源源不断地回来了。第四期纪念《开卷》特刊上一下就刊登了十几篇,之后的几期也陆续刊出了三四十篇,读者看后好评如潮,后来有人提议将这些文章出一本书一定会得到读者的喜欢。于是就将这个选题告诉了岳麓书社的杨云辉兄,他也对此非常有兴趣,经过近一年的编辑,《我的书房》在二〇〇五年五月由岳麓书社出版。这本书因为有六十位名家撰稿、董桥先生赐序、王世襄、于光远、吕剑、王元化等先生赐题书名,并且大多文章都配有作者的书房照片,可谓精彩纷呈。此书出版后,颇受爱书人青睐,首印六千册后不久又加印五千册,也是我编的书中印数最多的一本书。也正是这本书的良好开端,后来又陆续编辑出版了《我的书缘》、《我的笔名》、《我的闲章》、《我的开卷》等"我的"系列丛书。

时代周报:《开卷》及你编辑的丛书如何保持独特的

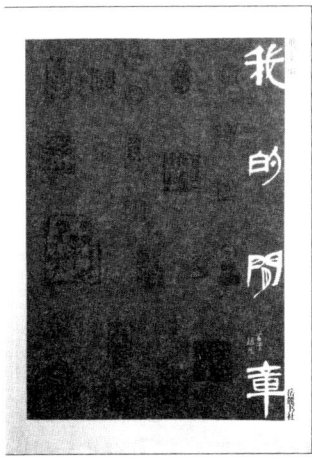
《我的闲章》书影

风格?

董宁文:我个人觉得只要有一种坚守的定力,就能保持《开卷》系列丛书的风格,还有就是这种风格与我本人的阅读趣味与感觉有着千丝万缕的联系。另外就是我这个人比较慢一拍,对任何新事物的接受都比较迟钝,这也许也是能不被世风或者说潮流所左右的一个天然屏障吧。还有我对新媒体总是跟不上趟的,这个也是自然免疫的意外之助吧。

原载《时代周报》二〇一二年三月一日

"开卷闲话"那些事儿

林 英

闲时翻阅《中国图书评论》,二〇一二年第一期的第一个专题是"专家荐书",其中有一本是董宁文老师的《开卷闲话六编》(上海辞书出版社二〇一一年七月版),于是随手给董老师发了个短信,不想过几日竟收到其寄赠的签名精装本一册。

迫不及待地打开包裹,翻开扉页,是董老师那熟悉的字迹:"王方先生闲览 宁文于金陵辛卯秋","此册去年曾赐深圳商报王方先生,不知何故被退回。看来无缘得此,再赠林英以为纪念耳。宁文再记二〇一二年二月"。看着这段题赠,感觉就像面受教诲,亲耳听到董老师用他那一口地道的南京腔讲来这段小小掌故一般,甚是喜悦。

在南京研学三年,因为导师徐雁教授的关系,我们徐门弟子跟《开卷》的执行主编董宁文老师都颇为熟悉,常常向其请益。《开卷》是一份由南京凤凰台饭店创办的民间读书小杂志。小小开本,薄薄册子,没有刊号,内部交流,却生机勃勃,创刊到现在已经十二周年了!文洁若说:"自创刊以来,《开卷》一直坚持以文会友,这样小小的一本刊物,竟然汇聚了当今文化界、读书界的一大批人,让人既可亲见文化名人写人论事文章,也可听见普通读者抒发己见,名人大家与无名小卒一起登台,营造了一份浓浓的书香,真是难得。"

这《开卷闲话六编》,是取《开卷》杂志最后的一个栏目"开有益斋闲话"的内容结集而成的。"六编"也就是已经编到第六本啦!记得当时编第三本时,我还在南京,还一起参与了,转眼这已经是"六编"了,可见它有多受欢迎了!

但凡喜欢《开卷》的读者,都爱看这"开有益斋闲话"。

钱伯城在序言中说:"我首先要看的,即是卷末子聪(董宁文笔名)的《开有益斋闲话》,此中汇集着全国四面八方读书人、爱书人——亦即他们自称的书迷、书痴或书虫们——发来的各种读书活动信息,仿佛自己也置身其中,携游其境。其趣无穷,其乐亦无穷。"

罗飞的序言说:"子聪先生的编者后记《开有益斋闲话》,磁力更强,每有新刊到手,必先展读此栏。子聪先生深谙文化信息的价值,他视'闲话'专栏为事业。"

陈学勇也在序言中说:"《开卷》的文章我未必篇篇寓目,后面的'闲话'则一段不漏。它有许多信息,特别希望从中获悉熟人的近况,我平素慵懒,疏于联系,借这里见上一面,得些愉快。这些信息,零零碎碎,断断续续读来,也许不很起眼,汇集成一册数册,若干年后,有心人会发现它们的史料价值。至于本真地显露一代读书人的心态,表明古风尚未云散殆尽,尤是它的现实意义。"

在《开卷》创刊十周年座谈会上,作家李伟也说:"我每一期最先看的《开有益斋闲话》。外面的讯息最先知道,外面出了什么书了,有些人走了。我现在这个年纪与外界交往也不多了,我都是倒过来看的,先看这个'闲话',再看前面的,提供了好多信息。还有一些人物、文坛的轶事,都是好东西。"

"特别希望从中获悉熟人的近况……借这里见上一面,得些愉快","仿佛自己也置身其中,携游其境。其趣无穷,其乐亦无穷。"很是这样呢!当我翻开《开卷闲话六编》,就像掉进了一个梦中,掉进那些熟悉的书人书事中。

> 七月十日,扬之水从北京发来网信:"……沈郎之文写得极好,真的,'谷林老人的仙逝,乃是笑谢人世,灵魂乘搭一叶扁舟,安然渡往世外桃源'。其实他肉身在浊世的时候,灵魂也始终是栖居于世外桃源的。"(二〇〇九年)

二〇〇六年暑假时,我和师姐在北京实习时,曾替董老师去谷林先生家送过书,至今犹记先生清癯精神的模样,简陋安贫的生活境遇。如今弦歌消歇,很多读书人悲悼不已,扬之水说,"想起先生,心中总有被啮蚀的感觉,我想,这会是一种持久的伤痛罢。举目当世,如此纯粹的人竟至再也看不到,这种伤痛更是不可治疗了。"

> 七月二十日,叶瑜荪从桐乡来信:"……《缘缘堂子女书》出版后,北京《出版史料》吴道弘先生去年年底来电协商,建议在其刊物上辟一"容园存札"专栏,陆续刊发书信。他初选了广洽、赵朴初、郑逸梅、张中行、陈从周、王子野和丰陈宝、丰一吟等十六人……"(二〇〇九年)

还是二〇〇六年暑假,在京实习。在中国书店出版社首次遇到吴道弘先生,错把他认作是另外一位吴先生了,因此得缘去其家中拜访。我学的是编辑出版专业,《出版史料》也一直是我喜欢读的专业杂志之一,因此还曾得赠先生几册《出版史料》。记得当时心下很是敬佩其以退休之龄亲力亲为主持筹划杂志。看到这则讯息,更是钦佩,老当益壮,并且思维活跃,颇多进取。

同日(八月一日),屠岸从北京来信:……表兄周有光一百零四岁,依然精神矍铄,思维敏锐,对我说:"上帝把我给忘了!"……(二〇〇九年)

还是跟师姐去送书。记得找到周有光先生家所在的胡同时,已是中午时分。保姆开的门,先生正在吃中饭,虽然听力不佳,但精神真是矍铄,目光敏锐,真乃人瑞。二〇〇八年时,广西师范大学出版社还出版有先生的《周有光百岁口述》一书,看后觉得好,于是推荐给学生,学生事后跟我说,真是一本好书,老师您以后多推荐些这样的好书给我们看!

八月十九日,舒芜因病在北京去世,享年八十七岁。(二〇〇九年)

依然还是去送书,曾去舒芜先生家里拜访。先生银发苍苍,极精神,学习欲依然很强,八十高龄还开始学习

《周有光百岁口述》书影

用电脑。印象犹深的是其家中墙上悬挂的程千帆先生手书的书斋名"碧空楼"。

九月四日至七日,全国第七届民间读书会暨鄂尔多斯笔会在鄂尔多斯市举行……参加此次年会的代表有《天津记忆》王振良、张元卿,《日记杂志》自牧,《芳草地》谭宗远,《书脉》余晓明,《东方书林》鲍振华,《向阳湖文化报》李城外,《悦读时代》徐玉福,《文笔》萧金鉴,《开卷》董宁文以及冯传友……李传新等。(二〇〇九年)

曾在徐师的极力鼓励与支持下,与两位师姐一起参加过第四届的民间读书年会,这长长一串的名字读来如此熟悉,因在那次草原读书年会上曾聆听他们教诲过。谭宗远先生爽朗风趣。萧金鉴先生是湖南老乡,尤为亲切,其年近七旬,精神不减,身体亦好,秋天天气光脚穿着凉鞋行走,不亦乐乎。李传新先生当时主持《崇文》小杂志,看到"崇文"二字,我即询问此刊是否为湖北出版,因湖北有崇文书局,湖北出版文化城也叫"崇文广场"。李先生高兴于我一猜即中的解语,临行时还有题赠给我,后来还得其从湖北寄来的赠书一册,十分感谢。

这样勾起我熟悉记忆的例子还很多,列举下去,恐怕得无穷无尽了,打住打住!不过,还有一则不得不说:

> 同日(四月六日),子张从杭州发来手机短信《凤凰台歌》:"扬子江滨梧桐树,梧桐树上凤凰多:欲祥小酒仙,举杯如穿梭;稼句火一团,闪闪复灼灼;子善海上鸥,翩翩发棹歌;秋禾风中雁,春水不扬波;笑佛薛夫子,开口若悬河;子聪挟笔砚,往来忙不歇;从容蔡教头,指点看星河;十年乔木根叶壮,而今绿意渐婆娑。"(二〇一〇年)

二〇一〇年《开卷》十周年座谈后,与会者子张(浙江工业大学人文学院教授)对嘉宾的传神刻画,看到后实在忍俊不禁,实在是太形象到位了!"秋禾风中雁,春水不扬波",这比我们做学生的还更好地了解徐师(徐雁,笔名秋禾)的性情和精神呢!

《开卷》卷末的这"开有益斋闲话",是与读者通读书、文化信息的地方。董老师尤其着力散播读书信息,此与《开卷》读书的旨意一脉相承。每每收到赠书,董老师便在"闲话"中述其大概,并注意截取该书前言后记或编者记等,阐明该书的价值与意义所在。因此,我们从"闲话"中不仅可得新书信息,更可感受到作者和编者对文化的追求。

《点滴》试刊号书影

《点滴》创刊号书影

此外，董老师也乐于以"开有益斋闲话"为平台，与诸多民间读书类杂志共进退。《藏书家》复刊后的"编后记"，中国图书馆学会阅读推广委员会会刊《今日阅读》的主题征文启事，巴金故居与巴金研究会主办的《点滴》的稿约等，"闲话"中都要言不烦的加以记录。剧作家宋词先生说，"现在，几乎全国很多地方都有了（读书刊物），民间的读书，这一点是《开卷》带领出来的，居功甚伟。带动了全国，形成了全国读书人的阵地、读书的风气，《开卷》在这一点上起了带头作用。"天津社会科学研究院副研究员张元卿就坦言，他和朋友办的《天津记忆》这个民刊，就是二〇〇八年秋天与董老师接触后，因《开卷》而催生出来的。"《开卷》是火种，不光是在南京生根发芽，它散到全国以后，在许多地方可能就点燃了很多东西"，"点燃了我和《天津记忆》"。

　　同时，"闲话"还是编读交流的阵地。在"闲话"中可以看到："（二〇〇九年）十月二十六日，周振鹤从上海发来网信：'刚刚读完《开卷》今年九、十两期，委实精彩。第十期中刘经富、吴小如、卢佶三篇尤佳。'""（二〇一〇年）十二月十七日，躲斋从上海来信：……《开卷》薄，颇见分量；当然，希望更有分量。十二月号就让我喜欢，譬

《天津记忆》创刊号书影

如张昌华怀范用,有实事、有实感,就不空疏。再如周实谈《念楼序跋》,提到钟叔河的辛辣和尖锐,不过一二语,深得神髓……"

在"闲话"中亦可看到读者提出的意见与建议。对这些,董老师往往是全信刊出,珍惜那些"挑剔"的声音。

十一月八日,王国华从长春发来网信:

……后面的《开有益斋闲话》,但发现一个问题:近两年来,"闲话"越来越趋于资料化,而少了趣味性。

……

而宁文兄,似乎不忍心拂了每位来稿者、来函者的意愿,不能当正文发表的,就挑出名气大的、地位重要的人的文章、信件,摘录若干,放到"闲话"里,却忽略了其"可读性"。更有一段时间,几乎期期都有某些作家的"讣闻",那些资料,网上一搜一大把,而且远比你的详尽。基于对老知识分子的尊重,讣闻不是不能发,但总该有些特点——可以换个角度嘛,比如只写逝者生前的若干轶闻等等。但以宁文兄敦厚圆融的性格,题材选择和写作角度,不愿"取其一点",必中规中矩,尽量面面俱到,以致"闲话"成了"资料汇编",成了正文的边角余料。当然,"资料汇编"也可以成为"特点",甚至,没有特点也是"特点",就看怎么理解这个问题了。

……

(二〇〇九年)

在南京研学三年,跟董老师多有问学,深知董老师非只挑"名气大的、地位重要的人的文章、信件,摘录若干"这种沽名钓誉势利取巧之徒。"闲话"中,提到某些人物加以介绍时,尽管网上相关资料应有尽有,但仔细阅读,会发现董老师对人物的介绍,有他的取舍,他往往是以书籍为线索,串起传主一生的经历与成就。其中,有些大家是我们比较熟悉的,有些可能读者觉得稍有陌生,董老师不辞繁难地简要介绍他们的身份成就。在我以为,熟悉的是分享,生疏的是启蒙。

或许还是有更多的人喜欢董老师的"敦厚圆融"、"中规中矩"。不日即有其他读者发来的信件。

(二〇〇九年)十二月四日,黄裳从上海来信:"……又于'闲话'中刊载读者意见,可见雅量,但其意见亦未能全然同意,您仍以参考之余,照样办下去为好。"

(二〇一〇年)一月十一日,宫玺从上海来信:"《开卷》以朴素、清雅、简洁形成自己的风格,在全国诸多民刊中极有特色,应珍视,保持这种小开本。正如黄宗江先生所言'清纯可爱'。'闲话'也只能这样,难以像范笑我的简讯,他是表现过客议论所记,若让那些过客书面写下,恐难做到。当年我偶从朋友处看到,真是喜出望外,仿佛认识了全国各地的民心,后来停了,很是怅然若失!——我想之所以停也正因其尖锐真实吧?所以,《开卷》闲话恐不宜那样。只能'清纯'。"

对"闲话"的书写方式,见仁见智,但有这么多人关注,也可见这是一个开放的、让人信任的和放松的平台,所以会有如此真诚的发言,无论是提意见还是拥趸。

实际上,董老师在"后记"中也自陈其选录"闲话"的用心:

> 这本闲话的前面,照例请了几位《开卷》的老作者写下一篇篇闲话作为序言,他们从不同的角度对闲话("开有益斋闲话")进行了解读,相信亲爱的读者朋友能从中体味些许妙处来,若从中还能读出一些弦外之音,那就更妙了。

《开卷》创刊至今十二年,"闲话"也编至六编,这第六编起讫时间为(二〇〇九年六月—二〇一〇年十二月)。据《开卷》欣欣向荣之面貌,可以想见它应该还会有下一个十年、二十年,也就是说,"闲话"也还能一直编下去,以飨同好。据我所知,前面几编的"闲话"分别由不同的出版社出版的,凤凰出版社、岳麓书社、湖南教育出版社、南京师范大学出版社等都有出版过,如若哪家有远见的出版社能将这"闲话"当作一个"生长书"项目,按一定规格、一定体例,第七编、第八编、第九编、第 N 编地出版下去,那么无论于出版机构,还是爱读它的读者而言,则善莫大焉矣!

跋

子　聪

在这本序跋集与这套《问津文库·开卷闲书坊》即将面世前夕,想起还是应该写下一些编后感想或者说这几本书背后的一些闲话,或许喜欢这套书的朋友会有些兴趣也未可知。

这十余年来,"开卷"系列丛书从二〇〇三年的《开卷文丛》开始,陆陆续续还出版了《凤凰读书文丛》、《开卷读书文丛》以及目前出到第三辑的《开卷书坊》,大约已有七八十本了,也就是说至少已有这么多的作者在这个系列中助阵。当然,其间还有《我的书房》、《我的书缘》、《我的笔名》、《我的闲章》、《我的开卷》等"我的系列"的陆续出版,这个系列的作者就更多了,估计至少也有两三百位之多了吧,从中确实能够感觉到"开卷"系列作者的阵容与趣味来。这些年来,一直在想着在"开卷"系列中加入新的诸如"开卷闲书坊"以及"开卷书简文丛"、"开卷日记文丛"等系列丛书,以期使"开卷"系列更加丰满,于是这套"闲书坊"就是一个新的亮相。此次面世的六本书的内容、写法均不同,但都有一个"闲"字贯穿在其中,不知读者诸君能否从中读出些"闲意"或"闲趣"来,若蒙大家错爱,我们这套闲书还会继续编下去,自然也真诚地希望得到大家的支持与关爱。

这几本闲书之所以能够在不太长的时间内顺利与读者见面,林薇为此付出的努力不可不提,我们在这个选题的沟通中,达成了非常多的共鸣与默契。周晨也为这本书的呈现形式动了不少脑筋。作为编者,我自然也是尽了力的,因为我觉得这套书非常有看头,相信大家都能从中找到自己的兴趣点与共鸣来。另外,这几本书都是作者酝酿或者写了多年而完成的,不能说是陈年老酒,但其中的韵味还是能够品味出来的。

在这套书的编辑、校阅过程中,汪成法、桑农、吴心海、浦雷、孙志洋诸兄都有所贡献,在此,谨致以深深的谢意。

甲午梅雨首日于南京东白菜园寓所灯下漫记。

问津文库·开卷闲书坊

总策划：杨秋平
主　编：董宁文
副主编：况　璃

清谷书荫（子张）

开卷闲话序跋集（子聪）

萍水生风（白水　老五）

壹壹集（许宏泉）

书装零墨（金小明）

尺素趣（唐吟方）

图书在版编目(CIP)数据

开卷闲话序跋集 / 子聪主编.
—北京：人民日报出版社，2014.7
ISBN 978-7-5115-2700-4

Ⅰ.①开… Ⅱ.①子… Ⅲ.①序跋—作品集—中国—当代 Ⅳ.①I267

中国版本图书馆CIP数据核字(2014)第147882号

| 丛 书 名：问津文库·开卷闲书坊 |
| 书 名：开卷闲话序跋集 |
| 编 者：子 聪 |

出 版 人：董 伟	
总 策 划：杨秋平	丛书策划：秋歌文化
主 编：董宁文	副 主 编：况 璃
责任编辑：林 薇	装帧设计：周 晨

出版发行：人民日报出版社
社　　址：北京金台西路2号
邮政编码：100733
发行热线：(010)65369527　65369846　65369509　65369510
邮购热线：(010)65369530　65363527
编辑热线：(010)65369526
网　　址：www.peopledailypress.com
经　　销：新华书店
印　　刷：北京鑫瑞兴印刷有限公司
开　　本：787mm×1092mm　1/32
字　　数：120千字
印　　张：7.75
版　　次：2014年8月第1版　2014年8月第1次印刷
书　　号：ISBN 978-7-5115-2700-4
定　　价：35.00元